HENRI VERNES

Bob Morane

La Griffe De Feu
004

Illustration de couverture par RIPL Studio

RIPL Publishing
Bob Morane Inc
M L'Aventure

Rejoignez l'Aventure :

Abonnez-vous à Notre Newsletter et Recevez des Cadeaux Exclusifs !

Découvrez l'univers captivant de Bob Morane comme jamais auparavant ! En vous abonnant à notre newsletter, non seulement vous serez informé des dernières actualités, des récits inédits et des interviews exclusives, mais vous bénéficierez également de cadeaux spéciaux réservés à nos abonnés. Recevez un e-book gratuit dès votre inscription, profitez de réductions exclusives sur notre merchandising et bien d'autres surprises à venir. Ne manquez pas cette chance de plonger plus profondément dans les aventures de Bob Morane tout en profitant d'avantages exceptionnels. Scannez le QR code, cliquez sur le bouton ou suivez l'URL : choisissez l'une de ces trois options pour vous inscrire et embarquez pour une aventure remplie de récompenses !

https://bob-morane.ripl-studio.be/

ebook gratuit

Merchandising

https://bob-morane.ripl-studio.be/

Copyrights

Copyright © 2023 Bob Morane Inc.
386, chaussée d'Alsemberg B 1180 BRUXELLES
Tous droits de reproduction du texte et des illustrations réservés pour tous pays

Table des matières

Rejoignez l'Aventure :

    Abonnez-vous à Notre Newsletter et Recevez des Cadeaux Exclusifs !
- ebook gratuit
- Merchandising

Copyrights

Table des matières

La Griffe De Feu

- *1*
- *2*
- *3*
- *4*
- *5*
- *6*
- *7*
- *8*
- *9*
- *10*
- *11*
- *12*
- *13*
- *14*
- *15*

16
17

Quand Le Volcan Est En Colère

Pourquoi Un Volcan Endormi Se Réveille-T-Il ?
Les Types De Volcans.
Et Dans L'eau...
La Lune A-T-Elle Aussi Ses Volcans ?
Peut-On Prévoir Les Éruptions ?
Les Grands Volcans Du Monde

Rejoignez l'Aventure :

Abonnez-vous à Notre Newsletter et Recevez des Cadeaux Exclusifs !
ebook gratuit
Merchandising

La Griffe De Feu

1

— Si cela continue, ce satané vent va m'envoyer dans la flotte, murmura Bob Morane en serrant autour de lui les plis de son manteau et en s'enfonçant plus profondément le chapeau sur les yeux.

Il frissonna et songea encore :

— Brrr, piquer une tête dans la Seine par un temps pareil, cela ne doit avoir rien de particulièrement agréable. On doit être changé en bloc de glace avant même d'atteindre le fond...

Il traversait le pont des Arts, résistant avec peine à la bourrasque de neige qui, véritable blizzard, balayait la vallée. Les flocons minuscules mais serrés à l'extrême, tendaient devant ses yeux un voile mouvant derrière lequel il pouvait tout juste deviner la masse noirâtre de l'Institut.

Bob était de mauvaise humeur. Non qu'il détestât le froid. Il l'avait connu sous diverses latitudes, et aussi en plein ciel, isolé dans un avion de chasse. Mais l'hiver à Paris, avec son humidité, ses pavés glissants, son ciel bouché et bas, le comblait d'un immense ennui, et il ne pensait qu'à gagner le nid douillet et familier de son appartement du quai Voltaire.

Continuant à lutter contre la tempête, il atteignit le débouché du pont et se mit à marcher le long de la rive où les boîtes à livres, soigneusement cadenassées, attendaient on ne savait quelle résurrection. Les passants, pressés, fuyaient, silhouettes imprécises dans le jour gris et les autos filaient sur le macadam dans les longs chuintements de leurs pneus mouillés.

Une centaine de mètres séparait encore Bob de sa porte. La clé à la main, il les franchit moitié courant, moitié marchant. Et le vent le faisait ressembler à un homme ivre…

Quand Morane se retrouva dans la tiédeur de son appartement de célibataire, où un désordre discret mettait son empreinte personnelle, il poussa un soupir de soulagement.

Une fois dépouillé de son chapeau, de son manteau et de ses chaussures mouillées, ayant enfilé une paire de babouches il se laissa tomber dans un fauteuil. Il se sentait las moralement, las du train-train monotone de la vie parisienne, las de l'hiver…

Derrière ses fenêtres, le blizzard continuait à tisser son voile de neige, voile tellement épais que Bob ne parvenait même plus à discerner les bâtiments de la rive droite, de l'autre côté de la Seine. Ailleurs dans le monde pourtant, il y avait des pays édéniques, aux ciels éternellement sereins, aux arbres toujours en fleurs, avec de grandes villes blanches blotties au fond de baies couleur de saphir. Morane haussa les épaules. Pour le moment, Paris ne lui rappelait en rien ces terres édéniques, et il lui fallait bien se résoudre aux frimas et à l'ennui.

C'est alors qu'il aperçut la lettre.

Posée sur le coin de sa table de travail, elle avait, à coup sûr, été apportée par la femme de ménage qui, chaque matin, venait nettoyer et mettre un peu d'ordre dans l'appartement. L'enveloppe portait simplement cette adresse tapée à la machine : commandant Robert Morane – Quai Voltaire – Paris 7e. Il n'y avait aucun nom d'expéditeur inscrit au verso.

D'un coup d'ongle nerveux, Bob fendit l'enveloppe et en tira une feuille de papier blanc pliée en quatre et portant un court texte également dactylographié.

Commandant Morane,

Nous avons besoin d'un ingénieur possédant de fortes notions de chimie, de géologie, de volcanographie... et ne craignant pas les coups durs. Vous possédez, nous le savons, la première et la dernière de ces qualités. Si vous possédez également les autres, veuillez me téléphoner aussitôt à Passy 27-32.

Jacques Lamertin.

Intrigué, Bob relut la courte missive. Le nom de Jacques Lamertin ne lui apprenait rien, et il se demandait ce que ce dernier lui voulait exactement. Évidemment, lui, Robert Morane, était ingénieur… et ne craignait pas les coups durs. En outre, il possédait de fortes connaissances en chimie et des notions de géologie et de volcanographie acquises au cours de ses voyages et de ses lectures. Pourtant, cela ne le renseignait pas sur les buts de ce Jacques Lamertin. Il y avait d'autres ingénieurs par le monde. Alors, pourquoi l'avoir justement choisi, lui, Bob Morane ? Il relut une fois de plus la lettre et un sourire se dessina sur son visage aux traits burinés. Bien sûr, le sieur Lamertin avait besoin d'un ingénieur mais, avant tout, d'un ingénieur NE CRAIGNANT PAS LES COUPS DURS. Tout était là. Ses dernières aventures, encore amplifiées par la presse, avaient doté Morane d'une réputation de chercheur de plaies et de bosses, réputation qui, d'ailleurs, ne lui plaisait qu'à demi.

Bob eut un nouveau sourire, mais amer cette fois, et regarda les souvenirs de ses voyages étalés partout autour de lui dans la pièce : casse-tête et masques rituels papous, flèches indiennes, fétiches nègres, coraux et coquillages aux formes insolites tirés du fond de la mer.

— Il faut convenir, soliloqua-t-il, que j'ai tout mis en œuvre, ou plutôt que le hasard a tout mis en œuvre pour me faire mériter cette réputation.

Bob se demanda s'il allait téléphoner à Lamertin. Il savait qu'il le ferait, car s'il y avait un sentiment auquel il n'avait jamais pu résister, c'était bien à la curiosité. Il regarda encore la neige qui continuait à tomber au-dehors et réprima un léger frisson. « Si ce

Lamertin veut m'aiguiller vers des régions où la température évolue entre plus dix degrés et moins cinquante, songea-t-il, je l'envoie se faire pendre. Pour le moment, je ne me sens pas du tout en forme pour les aventures polaires... Enfin, voyons ce que me veut exactement mon mystérieux correspondant... »

Tendant le bras, Bob atteignit l'appareil téléphonique posé sur un coin de sa table de travail et, d'un doigt impatient, composa Passy 27-32 sur le cadran automatique.

À l'autre bout du fil, le timbre d'appel résonna à trois ou quatre reprises, puis quelqu'un décrocha.

— Je voudrais parler à monsieur Jacques Lamertin, dit aussitôt Morane.

— Qui le demande ?

La voix était impersonnelle et froide. Sans doute celle d'un domestique.

— Dites-lui que c'est quelqu'un qui ne craint pas les coups durs, répondit Bob.

— Quelqu'un qui... Très bien, monsieur... Un instant, monsieur...

Il y eut un long silence, puis une nouvelle voix, chaude, bien timbrée et sympathique, retentit.

— Ici, Jacques Lamertin. Le commandant Morane, je présume...

— Je viens de recevoir votre lettre, fit Bob, et...

— ... elle vous a intrigué et vous m'avez appelé aussitôt.

— C'est cela tout juste, convint Morane. J'adore les mystères, mais seulement si je puis les résoudre.

Alors, j'aimerais que vous éclairiez ma lanterne.

Lamertin rit doucement.

— J'admire votre fougue, commandant Morane, et je ne vous ferai pas languir davantage. Êtes-vous disponible aujourd'hui ?

— Qui n'est pas disponible par un temps pareil ? fit Bob. Pourtant, je ne me sens guère disposé à sortir. J'aime le soleil et...

— Peut-être le retrouverez-vous bientôt, interrompit Lamertin. Dans une heure, mon chauffeur passera vous prendre. Cela vous convient-il ?

— Cela me convient, dit Morane. Je suis curieux de savoir pourquoi vous avez besoin d'un ingénieur qui, surtout, ne doit pas craindre les coups durs.

— Votre curiosité sera bientôt satisfaite, commandant Morane.

Les deux correspondants raccrochèrent en même temps. Bob se renversa en arrière dans son fauteuil, et un éclair de joie transparut dans ses yeux clairs. « Allons, songea-t-il, avec un peu de chance, il est fort possible que je quitte bientôt ces cieux incléments. Quand j'ai parlé du soleil, monsieur Lamertin m'a affirmé que, peut-être, je le retrouverais bientôt... » Soudain, le visage de Bob s'assombrit. « Qui sait si l'affaire que l'on va me proposer sera seulement acceptable !... » Il haussa aussitôt les épaules.

— Nous verrons bien, fit-il à voix basse. Si monsieur Lamertin se révèle être un malhonnête homme, je pourrai toujours refuser sa proposition... en accompagnant bien sûr ce refus de commentaires appropriés...

*
* *

Le premier sentiment de Bob Morane en apercevant la voiture envoyée par Lamertin, fut de l'admiration. Le véhicule en question était une Rolls Royce bleu d'acier et longue comme un transatlantique, ou presque. Un vrai joujou de roi ou de milliardaire.

— Mazette, siffla Bob entre ses dents, le Lamertin en question ne se refuse rien...

Le chauffeur, large comme une armoire et presque aussi expressif, avait tout de l'homme bien nourri. Son uniforme impeccable, du même bleu que celui de la carrosserie de la Rolls, en disait long sur la prospérité de son maître. Vraiment, Lamertin devait être un type très bien. Ou encore le plus fieffé coquin de tout l'univers.

À présent, la puissante voiture roulait à travers Paris, en direction des Champs-Élysées, qui furent remontés sans hâte. « Je parie que Lamertin habite près du Bois », songea Morane.

Il ne se trompait pas. Lamertin habitait bien près du Bois, dans une rue déserte bordée d'un long mur blanc où une seule porte de bois noir, bardée de bronze, se découpait. À l'approche de la Rolls, cette porte s'ouvrit comme par enchantement et la voiture s'engagea dans une cour dallée, au milieu de laquelle s'érigeait une fontaine monumentale, dont les mascarons représentaient des gueules de dragons et d'oiseaux apocalyptiques.

Contournant la fontaine, la voiture vint se ranger devant un large perron gardé par deux grands chiens de pagode en faïence bleue. Le chauffeur mit pied à terre et ouvrit la portière pour permettre à son passager de descendre à son tour. Puis il tendit la main vers le perron, pour dire :

— Si monsieur veut attendre dans le jardin d'hiver... Mon maître va venir l'y rejoindre dans quelques minutes...

Sans se faire prier davantage, Morane gravit les quelques marches du perron, poussa une porte de fer forgé, traversa un hall étroit, ouvrit une seconde porte garnie, elle, de vitres dépolies, et déboucha dans ce que le chauffeur avait appelé « jardin d'hiver ». C'était en réalité une serre gigantesque, changée en forêt tropicale par la baguette magique des horticulteurs.

Bob reconnaissait des magnolias, des bougainvillées, des hibiscus en fleurs. Des philodendrons étalaient leurs larges feuilles aux bords profondément dentelés. Çà et là, une fougère arborescente dressait son panache et un palmier multipliait ses tiges ligneuses. Des cactus et des yuccas dardaient leurs feuilles pareilles à des hallebardes et, un peu partout, des lianes tendaient leurs capricieux réseaux où, de temps en temps, brillait la forme rare d'une orchidée. Des oiseaux-mouches filaient comme des traits de feu entre les arbres et des perroquets aux riches couleurs jacassaient dans les branches. Une chaleur lourde, humide, régnait, accompagnée d'odeurs puissantes. C'était bien là un morceau de jungle transporté et entretenu à grands frais sous un ciel hivernal.

Bob se mit à marcher le long des allées soigneusement bétonnées, dont la perfection, il faut l'avouer, déparait un peu la sauvagerie de l'ensemble. Dans un petit lac artificiel, entre des feuilles de nénuphars, de nymphéas et de Victoria régias, de petits crocodiles nageaient silencieusement.

— Si cela continue, murmura Bob, je ne vais pas tarder à voir un fauve boucher au détour du chemin...

Au même moment, comme appelée par les paroles de Morane, une masse jaune, tachée de noir, émergea d'entre les feuilles. Bob sursauta.

« Sans doute un inoffensif guépard », songea-t-il. Mais il fut vite détrompé. L'animal était un splendide léopard femelle qui, battant l'air de sa longue queue annelée, marchait à pas comptés dans sa direction.

Morane était loin d'être lâche, mais il sentit la peur l'envahir. Il était sans armes devant ce fauve qui d'un seul coup de patte, serait, à coup sûr, capable de l'éventrer. Pourtant, il se ressaisit aussitôt. « Surtout, ne montre pas que tu as peur, mon vieux Bob, sinon tu vas passer un mauvais quart d'heure. Songe qu'après tout ce n'est là qu'un gros chat, un très gros chat... »

À pas comptés, le léopard continuait à avancer vers l'homme, le surveillant de ses grands yeux fixes aux prunelles d'or dans lesquels Bob ne parvenait pas, malgré tous ses efforts, à discerner une expression quelconque, hostile ou amène. Le fauve était maintenant tout près. Son énorme tête ronde se tendit de façon gourmande vers la main droite de Bob, que celui-ci laissait pendre le long de son corps. Il s'attendait un peu à sentir le contact des redoutables crocs, mais il y eut seulement cette langue râpeuse lui léchant le dos de la main. Morane se détendit et recommença à respirer normalement. « Ce n'est vraiment là qu'un gros chat », se dit-il encore. S'enhardissant, il passa les doigts sur la fourrure soyeuse, glissant le long du crâne compact et gagnant la base des oreilles rondes. Un ronronnement sonore retentit. Bob se mit à rire doucement et abaissa ses regards vers le fauve. « Tu as beau être la reine de la jungle, ma vieille, n'empêche que tu n'es qu'un gros matou. Un matou qui ronronne comme un quadrimoteur de bombardement, mais un matou quand même... »

Dans le dos de Morane, une voix retentit. La voix de tout à l'heure, au téléphone, celle de Jacques Lamertin.

— Bravo, commandant Morane ! Vraiment, vous ne faites pas mentir votre réputation. J'ai admiré votre sang-froid quand Poucette s'est approchée de vous. Tous mes autres visiteurs s'enfuient en courant lorsqu'ils l'aperçoivent...

Bob se retourna et, quand il aperçut Lamertin, il sut aussitôt pourquoi les allées du « jardin d'hiver » étaient macadamisées comme des autostrades. Le nouveau venu était assis dans une chaise roulante aux roues caoutchoutées. Tout en lui cependant dénotait une volonté peu commune : le visage dur et éclairé par des yeux gris d'acier, presque blancs, les épaules puissantes, les mains fines et nerveuses, le sourire assuré. Jacques Lamertin présentait une force de la nature et son infirmité devait lui sembler une bien lourde croix.

Lamertin devait avoir lu dans les pensées de Bob.

— Mon état a l'air de vous surprendre. Vous savez, j'ai moi aussi été bien solide sur mes jambes il n'y a guère et, comme vous, j'ai roulé ma bosse à travers le monde. Puis, un beau jour, crac, je me suis retrouvé dans une chaise roulante, les jambes paralysées. Alors, j'ai fait aménager ce jardin d'hiver qui me rappelle mes vieilles jungles, et j'ai fait venir Poucette d'Afrique...

Il se tourna vers le léopard, qui s'était couché tout contre la chaise.

— Nous formons une fameuse paire d'amis tous les deux, n'est-ce pas, ma chérie ?

Poucette leva la tête et, découvrant des crocs longs comme le doigt, laissa échapper un rugissement d'approbation.

— Vous devez vous demander, commandant Morane, continuait Lamertin, comment après avoir mené une vie pleine d'aventures on peut, comme c'est mon cas, se résoudre à une quasi-immobilité ?... Pour tout vous dire, je suis arrivé à un âge où les acrobaties spectaculaires ne sont plus de mise...

Bob allait protester, mais son interlocuteur l'en empêcha d'un geste impérieux de la main.

— Si, si, je suis plus vieux que je n'en ai l'air. Pourtant, ne me croyez pas désarmé. Bien au contraire. Je continue à vivre la même vie aventureuse que jadis, mais sans bouger de ma chaise roulante.

De l'index, il se frappa le front.

— Tout se passe là, dans ma tête… Évidemment, à votre âge, on ne peut pas savoir déjà ce que c'est que l'aventure intérieure. Mais vous allez cependant comprendre tout de suite, quand je vous aurai expliqué les raisons de mon appel. Si vous voulez me suivre…

Il appuya sur un bouton de contact placé sur l'accoudoir du fauteuil et, aussitôt, un bruit léger – celui d'un moteur électrique sans doute – se fit entendre. Le fauteuil tourna sur lui-même et se mit à rouler doucement vers le fond du « jardin d'hiver ». Morane suivit. Il ne savait pas encore ce que Lamertin lui voulait, mais déjà pourtant il se sentait conquis. L'infirme appartenait à cette classe d'individus d'où étaient issus les Cortès, les Stanley et les Lawrence : celle des bâtisseurs d'empires. Au premier coup d'œil, Bob s'en était rendu compte.

Quelques secondes plus tard, Lamertin et son visiteur pénétraient dans un vaste bureau aux lourds meubles en bois de teck et encombré de tout un bric-à-brac tropical de tam-tams, de défenses d'éléphants, de lances et de masques rituels.

Lamertin avait arrêté son fauteuil près d'une large table surchargée de dossiers. Il désigna un siège à son hôte.

— Asseyez-vous, commandant Morane, dit-il, car mes explications seront, je le crains, fort longues…

Bob obéit. C'est alors qu'il aperçut, sur la muraille d'en face, une grande carte du Centre Afrique peinte sur un épais verre dépoli.

2

— CH4, cela vous dit-il quelque chose, commandant Morane ?

La question, posée ex-abrupto par Jacques Lamertin, surprit Bob, et ce fut quasi-instinctivement qu'il répondit :

— Si je ne m'abuse, c'est là la formule du gaz méthane, ou protocarbure d'hydrogène...

Lamertin sourit finement, avec un éclair de satisfaction dans le regard.

— Quitte à avoir l'air d'un interrogateur de lycée vous mettant sur la sellette, dit-il encore, je voudrais également vous demander si vous savez où l'on trouve ce méthane dans la nature.

— Dans les marais et les cimetières, répondit Bob, où, en se dégageant des matières organiques en décomposition, ce gaz s'enflamme au contact de l'air pour former les feux follets. On le rencontre également, sous forme de grisou, dans les charbonnages. Aussi dans les régions volcaniques... Mais je ne vois pas très bien...

— Vous allez comprendre tout de suite vous ai-je dit...

L'infirme actionna un commutateur électrique fixé à sa table de travail, et la grande carte du Centre Afrique, peinte sur verre dépoli, s'illumina par transparence. Lamertin désigna une large tache bleue, en forme de 8, au milieu de la carte, et qui devait représenter un lac.

— Voici le lac M'Bangi, fit-il, avec sur ses bords la ville moderne de Bomba. Tout autour, s'étend une des régions les plus volcaniques du globe. On y a dénombré quelque quinze cents cônes de diverse importance et dont beaucoup, comme le volcan Kalima, situé au bord même du lac, sont encore en activité. Toute cette région est le fief de la C.M.C.A. (Compagnie Minière du Centre Afrique), dont je suis à la fois le principal actionnaire et administrateur.

Morane ne put s'empêcher de sourire.

— Je commence à y voir clair, dit-il. Ce « Nous », par lequel vous avez fait débuter votre lettre, représentait la C.M.C.A. et, par votre intermédiaire, c'est avec elle que je suis en train de traiter pour le moment...

— Tout juste, commandant Morane. Mais permettez-moi de continuer mon exposé... Lorsque l'Administration du Centre Afrique décida d'industrialiser la région de Bomba, elle fit appel à nous pour trouver la force motrice nécessaire au fonctionnement des nouvelles usines. Là commencèrent les difficultés. La contrée, ne comprenant aucun cours d'eau important, ne permettait guère la construction de barrages indispensables à la production de courant électrique à haute tension. D'ailleurs, cette solution aurait nécessité des travaux de très longue haleine, et l'Administration voulait, à tout prix, accélérer son effort d'industrialisation. Une petite centrale électrique avait déjà été construite sur la rivière Lundi, qui se jette dans le lac M'Bangi, mais sa production se révélait nettement insuffisante. D'autre part, le charbon manquait et devait être amené de fort loin, ce qui grevait son prix de revient dans des proportions extravagantes.

« Nous en étions donc à nous demander où nous allions découvrir la force motrice nécessaire, et nous allions nous avouer vaincus, quand un de mes amis, le professeur Packart, féru de zoologie, étudiant à ses moments perdus la faune ichtyologique du lac, s'avisa que celui-ci renfermait dans ses profondeurs d'immenses réserves de méthane et d'hydrogène sulfuré en solution. Tout de suite, Packart émit l'idée que ce méthane pouvait nous fournir l'énergie cherchée, et cela relativement à bon compte. L'extraction en serait, en effet, extrêmement simple et pourrait se révéler d'un rendement continu. D'autre part, des estimations poussées nous permirent d'évaluer la réserve de méthane contenue dans les eaux du lac à environ un demi-milliard de dollars .

« Avec l'accord de l'Administration, nous entreprîmes donc, dans le plus grand secret, nos premières tentatives d'extraction. Tout se mit alors en travers de nos plans. Des sabotages, qui coûtèrent la vie à plusieurs de nos employés, vinrent détruire nos installations. Nos ingénieurs furent attaqués nuitamment par des inconnus et molestés. Finalement, les tribus guerrières de la région, venues pourtant à la paix depuis un bon nombre d'années, furent dressées contre nous par nos mystérieux ennemis. La panique gagna nos collaborateurs. Nos travailleurs, européens et indigènes, commencèrent à déserter. La situation devenait réellement catastrophique car notre mandat touchait à sa fin et, devant les événements, l'Administration coloniale menaçait de ne pas nous le renouveler. Cloué dans ma chaise à roulettes, j'enrageais, comme vous le pensez bien. Ah, si j'avais eu mes jambes de jadis ! Je serais parti pour le Centre Afrique, m'y serais démené comme un beau diable et aurais sans doute réussi finalement à démasquer nos agresseurs. Au lieu de cela, je me voyais condamné à l'impuissance, à attendre un miracle qui, sans doute, ne viendrait pas. De guerre lasse, j'envoyai deux enquêteurs à Bomba. Des hommes énergiques et intelligents. Un beau matin, les eaux du lac rejetèrent le cadavre de l'un d'eux et, une semaine plus tard, le second était assailli à la faveur de la nuit et laissé pour mort sur le terrain. Les choses en étaient là, lorsque je pensai à vous...

— L'ingénieur possédant des notions de chimie, de géologie, de volcanographie... ET NE CRAIGNANT PAS LES COUPS DURS, ironisa Morane. Somme toute, plus qu'un ingénieur, c'est un homme de main que vous cherchez.

Lamertin secoua la tête.

— Vous vous trompez, fit-il. Si j'avais voulu seulement d'un homme de main, je ne serais pas allé vous chercher. On en trouve partout dans le ruisseau. Il suffit de se baisser... Non, ce que je cherche, c'est, certes, un gaillard n'ayant pas froid aux yeux, mais aussi intelligent et honnête, incapable de se laisser acheter par l'adversaire et possédant assez d'énergie pour persévérer jusqu'au bout de sa tâche malgré toutes les intimidations.

— Mais pourquoi m'avoir choisi, moi parmi tant d'autres ? demanda doucement Morane. Vous ne me connaissez même pas...

— Si, je vous connais, commandant Morane. Je vous connais à travers vos aventures et vos livres. En vous je me retrouve, car moi aussi, dans ma jeunesse, j'ai roulé ma bosse un peu partout et, notamment, comme vous, en Nouvelle-Guinée et au Brésil. Au cours de la première guerre mondiale, je fus pilote de chasse, tout comme vous le fûtes pendant la seconde. Plus tard, mon père, en mourant, m'a laissé cette lourde charge de la C.M.C.A. Quand l'infirmité m'eut cloué sur cette maudite chaise, j'ai dévoré les récits de vos aventures et, finalement, je me suis dit : « Voilà l'homme qu'il me faut envoyer à Bomba ! » Si vous vous y rendez, ce sera un peu comme si moi-même j'y allais. Comme vous le voyez, mon cher commandant Morane, mon choix fut surtout guidé par des raisons sentimentales...

Bob ne répondit pas tout de suite. Du regard, il sondait le visage de son interlocuteur. Celui-ci, il le savait, ne mentait pas. Dans ses yeux, Morane pouvait même lire un sentiment d'admiration à son égard et, de la part d'un homme comme Lamertin, que l'on devinait ciselé dans l'airain le plus dur, ce sentiment était flatteur. L'infirme voyait en Morane l'homme que lui-même aurait sans doute voulu être si la fortune et les obligations commerciales ne l'en avaient empêché. Et Bob se sentit soudain très près de ce vieillard qui, malgré sa richesse, reconnaissait tacitement avoir raté en partie son existence.

— Je voudrais bien accepter votre proposition, fit Morane, mais...

D'un geste de la main, Lamertin l'interrompit.

— Mais elle ne vous tente pas, n'est-ce pas ? Vous ne trouvez aucune poésie dans l'industrialisation du Centre Afrique. Avec votre tempérament, vous seriez même plutôt tenté de vouer tous les colonisateurs aux diables de l'enfer. Je vous comprends car, jadis, j'aurais réagi comme vous. Voilà pourquoi je vous demande encore une fois de m'aider. J'ai gâché une partie de ma vie. Si la C.M.C.A. croule, je l'aurai alors gâchée tout entière...

Bob ouvrit la bouche pour parler, mais Lamertin l'en empêcha encore.

— Non, commandant Morane, ne me répondez pas tout de suite. Réfléchissez jusque demain. Ainsi, ni vous ni moi n'aurons à regretter une décision trop hâtive. Mon chauffeur va vous reconduire chez vous. J'attendrai votre coup de téléphone...

Morane se leva lentement, fit le tour de la table et alla serrer la main de Lamertin.

— Ce sera comme vous le désirez, dit-il. Je réserverai ma réponse jusque demain. Cependant, je ne vous promets rien...

— Ne vous engagez pas envers moi sans avoir mûrement réfléchi, fit encore Lamertin. Je ne vous ai pas caché que l'aventure comportait des risques. Beaucoup de risques...

*
* *

Quand Morane se retrouva dehors, il faisait déjà nuit. Dans la Rolls qui le reconduisait chez lui, il se mit à songer à la proposition de Lamertin. Ce dernier venait de lui offrir la chance de retrouver ces pays chauds dont, tout à l'heure encore, il rêvait. Pourtant, dans les circonstances exposées par Lamertin, le climat de Bomba se révélerait justement trop « chaud ». Deux enquêteurs de la C.M.C.A. avaient déjà subi un mauvais sort. Un troisième ne serait sans doute pas épargné davantage.

À vrai dire, ce n'était pas ces dangers qui faisaient hésiter Bob. À de nombreuses reprises, au cours de sa carrière aventureuse, il avait risqué sa vie, et il ne craignait pas de regarder la mort en face. Pour cela cependant, il lui fallait des raisons valables et il n'en découvrait aucune dans l'industrialisation du Centre Afrique, guère plus d'ailleurs que dans la sauvegarde des intérêts de la C.M.C.A. Pourtant, il y avait

Lamertin. L'infirme avait tout de suite plu à Morane, qui n'était d'ailleurs jamais parvenu à refréner totalement ses engouements. S'il décidait finalement de partir pour Bomba, ce serait pour aider Lamertin à triompher, et pour aucune autre raison…

La voiture déposa Morane quai Voltaire, et il grimpa directement à son appartement. Mais, à son grand étonnement, quand il tourna le commutateur, aucune lumière ne s'alluma dans son salon-bureau. « Allons bon, songea-t-il, encore une lampe de brûlée. Ce ne peut être une panne générale puisque la minuterie, dans l'escalier, fonctionne… » Puis, il songea que la suspension comportait trois lampes et qu'elles ne pouvaient se trouver hors d'usage toutes trois en même temps. Mais cette constatation venait trop tard. Près de lui, dans les ténèbres, quelqu'un bougea. Bob reçut un coup violent à la base du crâne et plongea en avant.

Quand il se redressa, quelqu'un lui braquait le faisceau d'une puissante lampe électrique en plein visage. Il cligna des yeux et tenta de se redresser ; un nouveau coup l'atteignit au même endroit que précédemment et le rejeta sur le plancher.

À demi-inconscient, Morane tenta de discerner ses agresseurs. Mais, en partie aveuglé par la lampe, il ne pouvait discerner que six pieds. Ses adversaires étaient donc au nombre de trois. Pendant un instant, il eut envie de se dresser d'un bond et de se lancer à corps perdu dans la bagarre. Pourtant, il comprit vite qu'il ne pourrait avoir le dessus. Il ne voyait pas ses adversaires tandis qu'eux le voyaient. En outre, ils étaient plusieurs et lui seul et déjà fort mal en point.

— Qu'est-ce qui vous prend ? demanda-t-il. Si c'est à mon argent que vous en voulez, vous pouvez toujours repasser...

Un des hommes se mit à rire. Un rire discret de gentleman.

— Vous vous méprenez sur le but réel de notre visite, commandant Morane, dit une voix douce. Nous voulons seulement savoir ce que vous êtes allé faire chez Jacques Lamertin.

C'était donc cela. Les mystérieux ennemis de la C.M.C.A. s'étaient déjà lancés sur sa piste. Malgré sa situation précaire, Bob ne put s'empêcher de narguer ses adversaires.

— Pourquoi ne pas aller le demander à Lamertin lui-même ? Mais sans doute ne tenez-vous pas à faire connaissance avec les griffes et les crocs de Poucette.

Le rire discret retentit à nouveau.

— Il est inutile de tenter de gagner du temps, commandant Morane. D'ailleurs, je sais quelle proposition Lamertin vient de vous faire. Vous êtes ingénieur, et il a grand besoin d'ingénieurs à Bomba depuis la défection d'une partie de son équipe. Maintenant, laissez-moi vous donner un bon conseil...

— Dites toujours...

— Refusez l'offre de Lamertin. N'allez pas à Bomba, sinon...

— Sinon ?...

L'homme à la voix douce ne répondit pas. Un objet allongé, que Morane reconnut comme étant le bout d'une canne, entra dans le cercle de lumière. Il y eut un léger déclic, et une lame étroite et brillante, longue comme la main, jaillit de la canne.

— J'espère que vous aurez compris l'allusion, dit encore l'homme à la voix douce.

La lame pointa, menaçante, vers la gorge de Bob.

— Surtout, commandant Morane, n'acceptez pas l'offre de Lamertin. Ceci sera mon premier et dernier avertissement.

Un nouveau déclic, et la lame rentra à l'intérieur de la canne. Presque en même temps, deux des pieds contournèrent Morane, qui songea aussitôt :

« Si je recevais un nouveau coup de matraque, cela ne m'étonnerait guère ». Il perçut comme un léger courant d'air dans sa nuque, et il eut l'impression qu'un poids énorme le heurtait à la base du crâne.

Quand Bob reprit ses sens, une obscurité totale régnait dans la pièce. Dans une demi-conscience, il prêta l'oreille, essayant de discerner une présence à ses côtés, mais aucun bruit, si ténu fut-il, n'attira son attention. Il se traîna alors vers son bureau et, à tâtons, alluma la lampe orientale qui y était posée. La lumière crue lui sauta au visage comme un chat en colère et l'obligea à fermer les yeux. Au bout d'un moment, il les rouvrit et se releva en se massant la nuque.

— Tu as reçu une fameuse raclée, mon vieux Bob, murmura-t-il. Pourtant, je connais quelqu'un qui ne l'emportera pas au paradis.

Il n'y avait pas de colère en lui, mais seulement un esprit de revanche.

Une demi-heure plus tard, après s'être soigneusement douché et avoir avalé plusieurs cachets d'aspirine, il appela Jacques Lamertin au téléphone et, en quelques mots, lui fit part de l'agression dont il venait d'être victime.

— Je vous avais prévenu du danger, fit Lamertin. Ces gens-là ne semblent reculer devant rien pour arriver à leur but. Mais quel est ce but ? Là est la question…

Il se tut pendant un instant, puis reprit :

— Je suppose, après ce qui vient de se passer, que vous allez cette fois refuser carrément mon offre…

— Au contraire fit Bob. Cela me décide à accepter. J'ai toujours détesté recevoir des coups sans les rendre. Et puis, à présent, ma curiosité est éveillée. Je voudrais, tout comme vous, savoir ce que ces gens-là ont derrière la tête. Ils m'ont l'air trop inquiets pour être honnêtes. Pour cela, rien d'autre à faire que d'aller à Bomba. J'y rencontrerai peut-être l'homme à la voix de miel…

3

Sous le ventre argenté du puissant DC6, les riches plaines giboyeuses de l'Ouganda défilaient à la façon d'un vaste tapis magique. Assis confortablement dans son fauteuil, Bob Morane laissait errer ses regards sur le paysage vert et roux, taché par l'ombre cruciforme de l'avion. Il avait quitté Paris la veille, nanti par Jacques Lamertin de tous les pouvoirs nécessaires à sa mission. En principe, il gagnait Bomba comme simple ingénieur, et non comme agent spécial de la C.M.C.A. En effet, lorsque Bob avait été assailli dans son appartement du quai Voltaire, ses agresseurs ne semblaient guère connaître le but réel de son entrevue avec Lamertin. Ils pensaient que Bob partait seulement en qualité d'ingénieur, et il ne fallait pas les détromper.

Malgré la menace qui planait sur lui, Morane ne pouvait s'empêcher de goûter pleinement ce nouveau départ vers les terres du sud. Ç'avait été tout d'abord Rome, puis Athènes, ces villes historiques où, partout, des monuments en ruines rappelaient un passé prestigieux. Plus loin encore, après un bond au-dessus du grand miroir bleuté de la Méditerranée, Le Caire, gardé par les silhouettes élémentaires des pyramides. Toujours plus avant vers le cœur de l'Afrique, il y avait eu Khartoum, clé du Haut-Nil et de l'Afrique Noire, bastion de la puissance coloniale britannique.

À présent, un seul coup d'aile allait mener Morane à Entebbe, en plein Centre Afrique, où un avion privé de la C.M.C.A. devait venir le prendre pour le mener à Bomba.

Tout le long du voyage, Bob s'était torturé la cervelle pour tenter de donner une identité aux mystérieux ennemis contre lesquels il allait avoir à lutter, mais en vain. Lamertin lui-même semblait tout ignorer à leur sujet. « À moins, pensait Bob, qu'il ait des soupçons mais que, sans certitude, il préférât ne pas encore les formuler. » Pendant ce temps Morane allait devoir se battre contre des ombres. Il lui faudrait attendre que l'adversaire se découvre en attaquant à nouveau, et il courait le risque de faire les frais de cette expérience. Pourtant, il n'y avait pas à reculer. Il ne voulait d'ailleurs pas reculer. Il avait accepté cette mission, et il devait la mener jusqu'au bout, quelle qu'en soit l'issue, favorable ou fatale...

Une fois de plus, Bob tira de sa poche la liste des membres du personnel de la C.M.C.A. qui, après la série d'attentats ayant semé la panique sur les bords du lac M'Bangi, étaient demeurés à leur poste. Les membres de l'équipe scientifique retenaient surtout l'attention de Bob car, s'il y avait eu des fuites, c'était par eux seuls qu'elles pouvaient s'être produites.

À côté de chaque nom, Lamertin avait eu soin d'inscrire les qualités de l'intéressé.

Jan Packart : chef de laboratoire. Docteur en sciences par surcroît mécanicien, électricien et chimiste habile. À découvert les gisements de méthane du lac M'Bangi. Au-dessus de tout soupçon. Est seul au courant des véritables raisons de votre venue à Bomba.

André Bernier : ingénieur chimiste de grande valeur.

Boris Xaroff : géologue.

Albert Kreitz : volcanologue.

Michaël Lawrens : ingénieur routier. Chargé de l'installation et de l'entretien des voies de communication particulières de la C.M.C.A.

Louis Lamers : physicien. Chef du bureau technique. On lui doit la mise au point du procédé d'extraction du méthane.

Ce dernier nom clôturait sa liste, fort courte comme on le voit, des spécialistes demeurés à Bomba. Les autres avaient résilié leurs contrats à la suite des attentats.

Morane haussa les épaules, replia le papier et le replaça dans sa poche. Tout cela ne l'avançait guère. Seul, Packart, ami personnel de Lamertin, qui avait beaucoup connu son père, semblait au-dessus de tout soupçon. Les autres pouvaient, chacun pris en particulier, avoir livré les secrets de la Compagnie Minière du Centre Afrique à ses ennemis occultes. Mais ils pouvaient également être innocents.

À ce moment précis, Morane eut l'impression d'être observé. C'était comme si un poids lui pesait soudain sur les épaules. Pendant un moment il résista à cette sensation mais, ensuite, comme elle se changeait en malaise, il tourna la tête vers la gauche, pour apercevoir un visage de jeune fille dirigé vers lui. Assise sur la même rangée de sièges mais de l'autre côté de l'appareil, elle le regardait avec insistance. « Un peu comme on regarde un animal rare dans une ménagerie », songea Morane. Elle était jolie et gracieuse, avec de grands yeux aux reflets changeants comme on en imagine aux déesses grecques, des cheveux d'un blond de paille et un visage à l'ovale d'une pureté toute italienne. Vêtue avec élégance et discrétion elle ne possédait rien de l'aventurière classique, à la fois espionne et voleuse de bijoux. Tout en elle faisait au contraire songer à la fille chérie de quelque haut fonctionnaire colonial s'en allant rejoindre papa dans son fief africain.

« Mais pourquoi me regarde-t-elle avec cette insistance ? » se demanda Bob, qui se sentait à la fois gêné et flatté. Pourtant, il ne se faisait pas d'illusions. Avec ses cheveux coupés en brosse, son visage bruni et durci par les intempéries, il n'avait rien du jeune premier attirant les regards.

Soudain, Morane crut comprendre pourquoi la jeune fille inconnue lui manifestait un tel intérêt. Lors de l'embarquement, à Khartoum, l'hôtesse de l'air avait fait l'appel des passagers pour s'assurer de leur présence à bord et, depuis la découverte de la mystérieuse cité des Musus, en plein cœur du Mato Grosso[1] , le nom de Robert Morane était connu de beaucoup. « Voilà pourquoi cette charmante enfant me fixe ainsi », songea Bob avec un peu d'amertume. « Elle a lu le récit de mes aventures dans les journaux, et à présent elle me regarde pour voir si je corresponds bien aux descriptions que l'on a faites de moi. Je parie que, une fois arrivée à destination, elle va écrire à sa meilleure amie, demeurée en Europe : « Tu sais, ma chère, le célèbre commandant Bob Morane, eh bien, il était avec moi dans l'avion. Entre nous, il est beaucoup moins bien que le chanteur Juan Cipriano. Figure-toi qu'il a les cheveux coupés en brosse (pas Cipriano, mais Morane). Oui, ma chère, les cheveux coupés en brosse, comme un boxeur. Quelle horreur ! »

À ce moment, quelqu'un toucha l'épaule de Bob. C'était l'hôtesse de l'air.

— Bouclez votre ceinture de sécurité, s'il vous plaît... Nous arrivons à Entebbe...

Distrait, Bob n'avait pas remarqué l'avis qui venait de s'inscrire en lettres lumineuses sur la cloison avant de l'appareil, avis répété ensuite en plusieurs langues dans le microphone du poste de pilotage. Comme un enfant pris en faute, Bob rougit et obéit à l'injonction de l'hôtesse.

Les maisons blanches d'Entebbe, cernées de toutes parts par les agglomérations indigènes,

---

[1] Voir : « Sur la piste de Fawcett »

s'inscrivirent dans l'écran du hublot. L'avion vira sur l'aile et pointa le nez vers l'extrémité de la longue piste d'atterrissage bétonnée, au bout de laquelle quelques palmiers, immobiles, semblaient avoir été découpés dans du zinc.

Il y eut un léger choc, et le DC6 se mit à rouler le long de la piste, puis s'immobilisa. En compagnie d'autres passagers, Bob mit pied à terre. Il faisait chaud à Entebbe, et Bob comprit aussitôt qu'il avait de grandes chances de découvrir le pilote de la Compagnie attablé à la buvette, devant une boisson glacée.

D'un pas rapide, il traversa l'aire gazonnée et se dirigea vers les bâtiments de l'aéroport. Non loin, un gros avion de tourisme, de teinte jaune, portait le numéro d'immatriculation C.M.C.A. 4. « Voilà sans doute l'appareil qui doit me conduire à Bomba, songea Morane. Reste à dénicher son pilote… »

Il pénétra vers la buvette et, s'accoudant au bar, commanda un citron pressé, avec beaucoup de glace. Ayant bu, il tenta de repérer son pilote parmi l'assistance, mais tous les hommes qui n'avaient pas l'air de passagers avaient justement l'air de pilotes, ce qui compliquait beaucoup les recherches. Alors, une voix – sans doute celle de la Providence – s'éleva, venant du haut-parleur placé au fond de la salle :

— Le pilote du C.M.C.A. 4, à destination de Bomba, est demandé aux bureaux de direction de l'aéroport !

De derrière un auvent, une sorte de géant, vêtu

d'un short et d'une veste de toile kaki, se leva et marcha vers la porte. En deux enjambées, Bob s'était dressé sur sa route, pour demander :

— Vous êtes le pilote du C.M.C.A. 4 qui est là, dehors ?

— C'est moi, dit l'autre. Que puis-je pour vous ?

Avec son visage bon enfant, ses yeux intelligents et son épaisse chevelure noire en broussaille, il plut immédiatement à Morane. Il y avait dans cet homme quelque chose de sain et de droit qui attachait dès le premier abord.

— Mon nom est Robert Morane, fit Bob en souriant. Puisque nous devons faire la route ensemble jusqu'à Bomba, autant lier tout de suite connaissance.

Le pilote sourit à son tour et son énorme main broya celle que Bob lui tendait.

— Commandant Morane ! s'exclama-t-il. Je vous attendais... Monsieur Lamertin m'a parlé longuement de vous dans sa dernière lettre. Mon nom est Jan Packart...

— Packart ! fit Bob. Le chef de laboratoire ?...

L'autre se mit à rire.

— En personne ! Cela vous étonne sans doute de me voir changé en chauffeur de taxi aérien... Laissez-moi vous dire...

Il se baissa vers Bob et fit, sur un ton de confidence :

— L'aviation, c'est mon dada, comme la zoologie, la photographie, la pêche sous-marine, l'électricité, la radio, l'automobile, le cinéma, le... Bref, comme beaucoup de choses. Alors, quand j'ai su que vous arriviez, j'ai tenu à venir vous accueillir moi-même. Histoire de faire une petite virée en plein ciel...

Tout en parlant, les deux hommes étaient sortis de la buvette.

— Vous voyez ce coucou, continua Packart en désignant l'avion de tourisme jaune, eh bien je ne laisse à personne d'autre le soin de l'entretenir. J'aime l'avion, mais non les accidents d'aviation ! Aussi, chaque mois, je démonte complètement le moteur du coucou, puis je le remonte. Car, j'ai oublié de vous le dire, la mécanique est aussi un de mes dadas.

— J'avais un oncle qui vous ressemblait, fit Bob. Sa passion à lui, c'était les pendules. Chaque année, il démontait la sienne et la remontait. Hélas ! quand il avait terminé, il s'apercevait chaque fois avoir oublié de remettre un rouage quelconque. Pourtant, comme la pendule continuait à fonctionner, il n'y attachait pas trop d'importance. Alors, il mettait le rouage dans une petite boîte de fer et n'y pensait plus. L'année suivante, il redémontait l'horloge, la reremontait... et oubliait une nouvelle pièce. Ainsi jusqu'à sa mort. Savez-vous de quoi l'on s'est aperçu alors ? Et bien, la pendule n'avait plus que son cadran et ses aiguilles, et pourtant elle marchait toujours...

Packart hocha la tête.

— Je n'aurais jamais voulu confier mon avion à votre oncle, fit-il. Tout à fait le genre de type à qui on donne un bimoteur à réviser et qui vous le change en planeur.

Les deux hommes partirent d'un grand éclat de rire.

— Je crois que nous réussirons à nous entendre tous les deux, professeur Packart, dit Bob, quand leur gaieté se fut un peu calmée.

— Ce sera indispensable. Dans les jours qui vont venir, nous aurons sans doute pas mal d'ennuis à affronter. Depuis quelque temps, cela barde dur à Bomba…

À cet instant, de l'intérieur de la buvette, la voix anonyme du haut-parleur leur parvint à nouveau :

— Le pilote du C.M.C.A. 4, à destination de Bomba, est demandé aux bureaux de direction de l'aéroport !

Packart sursauta.

— J'oubliais, fit-il. Je dois aller voir ce que me veut la Direction. Pendant ce temps, allez chercher vos bagages à la douane et faites-les charger sur le coucou. Nous aurons juste le temps d'atteindre Bomba avant le crépuscule…

Dix minutes plus tard, Morane, suivi d'un indigène porteur de ses valises, se dirigeait vers le C.M.C.A. 4. Il y trouva Packart, l'attendant en compagnie de la jeune fille qui, tout à l'heure, dans l'avion, avait dévisagé Bob avec tant d'insistance.

— Mademoiselle Claire Holleman va nous accompagner jusqu'à Bomba, expliqua Packart, où elle va rejoindre son oncle, qui est administrateur du territoire. En descendant du DC 6, elle a aperçu l'avion de la Compagnie et m'a demandé de la prendre à bord. Cela lui évitera d'avoir à attendre sa correspondance.

La jeune fille intervint.

— Cela ne vous dérangera pas, j'espère, commandant Morane, si je vous accompagne ? demanda-t-elle.

— Absolument pas, fit Bob en s'inclinant. Si l'appareil est capable, comme il me semble, de transporter trois passagers et les bagages, je n'ai aucune objection à formuler.

Packart secoua ses puissantes épaules et se frotta les mains, dos contre paume.

— Rien ne nous retient donc plus ici, dit-il. On est en train de dégager la piste d'envol et, dans quelques minutes, nous pourrons partir. Ne voudriez-vous pas, par hasard, Mademoiselle Holleman, télégraphier à Bomba pour avertir de votre arrivée ?

La jeune fille secoua sa jolie tête blonde.

— Non, dit-elle. J'arriverai plus tôt que prévu, et je préfère en laisser la surprise à mon oncle...

*
* *

Le C.M.C.A. 4 suivait à présent son petit bonhomme de chemin à travers le ciel, au-dessus d'une région de forêts étalées sur des chaînes de montagnes coupées de gorges vertigineuses. Le professeur Packart tenait les commandes avec aisance. Il se tourna vers Morane.

— Cela vous ferait-il plaisir de piloter un peu,

commandant ?

Bob secoua la tête.

— Non, Professeur, je vous laisse à votre dada. Vous m'en voudriez à coup sûr, si je vous enlevais votre jouet.

Packart ricana.

— J'oserais parier que vous n'avez plus piloté depuis votre retour de Nouvelle-Guinée[2]. Peut-être avez-vous peur de ne plus vous en tirer...

Morane ne répondit rien et se contenta de sourire. Claire Holleman prit ce sourire pour un aveu.

— Et vous avez pu abandonner l'aviation ainsi, sans regrets ? demanda-t-elle.

— Il est bon quelquefois de changer son fusil d'épaule, répondit Bob. À force de regarder la terre d'en haut, on finit par avoir envie de voir le ciel d'en bas...

Cette étrange réponse, qui d'ailleurs, comme Morane le désirait, n'en était pas une, suffit pour faire mourir la conversation. Le spectacle grandiose s'offrant aux regards des passagers du C.M.C.A. 4 rendait d'ailleurs les mots superflus. Sous l'appareil, qui volait à une altitude relativement basse, se déroulait maintenant un large plateau déchiré de mille lézardes à moitié comblées par la jungle. De-ci, de-là, un cône volcanique aux bords déchiquetés s'élevait telle une monstrueuse pustule. Des coulées de vieilles laves marquaient le rocher de leurs

---

2 Voir : « La Vallée infernale »

traînées rouges, violettes, grises ou soufrées. Au-dessus de l'horizon, un point minuscule grossit, venant de l'ouest.

Bientôt, ce point devint un avion se rapprochant à toute vitesse.

— Il existe donc tant d'appareils de tourisme dans la région ? demanda Bob.

— Il y en a quelques-uns, fit Packart en hochant la tête. Certains directeurs d'exploitations s'en servent pour des missions de surveillance... Mais, par les cornes du diable, ce vautour des dimanches nous fonce dessus. Comme s'il n'y avait pas assez de place dans le ciel...

Morane ne quittait pas l'autre appareil des yeux. Et, soudain, il reconnut ces petites fleurs de feu qui naissaient sous ses ailes.

— Les mitrailleuses ! hurla-t-il.

Packart avait viré vers la gauche, mais pas assez vite cependant pour éviter que quelques balles ne viennent percer le fuselage, sans faire heureusement d'autre mal. Déjà, dans le vacarme de leurs moteurs, les deux avions s'étaient croisés.

— Où se croit-il donc, ce danger public ? hurla Packart. À un exercice de tir sans doute...

— Oui, dit Bob, mais à un exercice de tir avec cibles vivantes... Si, au lieu d'un simple avion de tourisme muni de mitrailleuses d'infanterie, nous avions eu affaire à un chasseur armé de canons de 50, nous aurions bel et bien été descendus en flammes...

— Cela ne tardera pas, malgré tout, remarqua

Packart. Le gaillard a l'air de nous en vouloir. Il revient à la charge.

L'avion assaillant tentait, en effet, de prendre le C.M.C.A. 4 par derrière.

— Montez en chandelle ! hurla Morane.

Packart obéit aussitôt et l'appareil, docile, se cabra au moment même où l'autre ajustait son tir. La rafale alla se perdre, impuissante, dans le lointain.

— Nous ne pouvons continuer à jouer ce jeu, dit Packart avec une grimace angoissée. Il finira par nous avoir. Il est armé et nous ne le sommes pas. En outre, son appareil est plus rapide que le nôtre.

Morane ne paraissait guère partager l'inquiétude du savant. Sa longue expérience de l'aviation de combat l'avait cuirassé contre ce genre d'émotion.

— Il ne suffit pas d'avoir un appareil rapide, dit-il. Il faut savoir s'en servir. Passez-moi les commandes, Professeur…

— Les commandes ! Mais, il y a un instant à peine, vous affirmiez vous-même avoir perdu la pratique…

— Je n'ai rien affirmé du tout, coupa Bob d'une voix brève.

Il se tourna vers Claire Holleman. La jeune fille avait pâli, mais elle conservait cependant une digne contenance.

— Attachez solidement vos ceintures, commanda Morane. Cela va bouger drôlement dans quelques instants.

En même temps, il se glissait au siège de pilotage, que lui abandonnait Packart, et prenait possession des commandes. Aussitôt, une force nouvelle l'envahit. Il serra les mâchoires, comme s'il voulait dissimuler son allégresse sous un masque tragique. Comme jadis, il se retrouvait en plein ciel, dans le vent grisant des combats. Pourtant, à présent, il ne pilotait pas un Spitfire, mais un simple avion de tourisme désarmé. Seule, sa maîtrise de pilote pouvait le tirer d'affaire, lui et ses compagnons.

L'appareil ennemi revenait, de face cette fois. Bob l'évita en amorçant un piqué puis, au lieu de fuir, vira et prit la chasse. Quand le pilote ennemi voulut virer à son tour pour tenter une nouvelle attaque, il eut la surprise de voir le C.M.C.A. 4 jaillir sur son flanc. Cette fois, ce fut lui qui, pour éviter la collision, fut obligé de rompre.

— Si j'avais été armé, fit Bob, je le coupais en deux. Pourtant, s'il croit m'échapper...

À nouveau, il serra l'agresseur de près, s'arrangeant toujours pour le prendre de flanc, risquant à chaque instant l'impact fatal. Mais celui-ci ne se produisait pas, car le pilote adverse rompait sans cesse. Comme Morane prenait soin de ne jamais le laisser faire face, ses mitrailleuses étaient devenues inutiles. Il avait beau tenter les manœuvres les plus compliquées, toujours il trouvait le C.M.C.A. 4 sur son flanc.

Petit à petit, les deux appareils s'étaient rapprochés du sol tourmenté où, à présent, les volcans, éteints pour la plupart, aggloméraient leurs cônes tronqués. Entre eux, des failles vertigineuses béaient, comblées par endroit par la forêt vierge. Pendant un instant, Bob pensa manœuvrer de façon à contraindre son adversaire à se précipiter lui-même contre les rocs. S'il avait été seul, il n'eût pas hésité, mais, ayant charge de vies humaines, il ne pouvait prendre trop de risques. Il était temps de rompre la poursuite, de s'échapper par la tangente...

L'agresseur avait réussi à se dégager. Morane évita la rafale de justesse, opéra un savant retournement et fila à nouveau sur le flanc de l'adversaire. Celui-ci, se voyant pris en sandwich entre la montagne et le C.M.C.A. 4, bondit en une chandelle éperdue. C'était ce que Bob attendait. Il plongea le long de la montagne et engagea son appareil dans une faille étroite et pleine d'ombre. Quand l'autre se redresserait et tenterait, de ses yeux éblouis par le soleil, de retrouver sa proie, il serait trop tard. Morane et ses compagnons lui auraient peut-être échappé.

À présent, le C.M.C.A. 4 louvoyait entre les rochers. Avec inquiétude, Morane inspectait le ciel, s'attendant à y voir reparaître son poursuivant. Pourtant, il ne put l'apercevoir. Alors, doucement, Bob éleva l'appareil au-dessus des montagnes. Devant, derrière, à gauche, à droite, il n'y avait que l'immensité céleste dévorée de lumière. L'autre s'était peut-être écrasé quelque part, contre les rocs, ou continuait à chercher le C.M.C.A. 4 là où il n'était plus.

Résolument, Bob reprit sa route vers l'ouest. La voix de Packart retentit.

— Par les cornes de Satan, pour du beau travail c'était du beau travail. Le gars était armé, lui, et pourtant il n'en menait pas large…

— Il faut convenir, remarqua Claire Holleman, que le commandant Morane, malgré son manque de pratique du pilotage, s'est tiré avec honneur de l'aventure…

Bob se tourna vers ses compagnons. Tous deux semblaient passablement secoués. Packart haletait comme après une longue course et la jeune fille montrait des lèvres pâles comme de la craie. Cette fois, Morane se mit à rire franchement.

— Bien sûr, fit-il, voilà un bon bout de temps que je n'avais plus piloté… un avion à hélice. Quand je suis à Paris, je ne passe pas une semaine sans me mettre aux commandes d'un appareil à réaction. Il faut marcher avec son temps…

Il jouit un instant de la surprise de Packart et de la jeune fille, puis il demanda, à l'adresse du savant :

— Avez-vous une idée quelconque sur l'identité de notre agresseur ?

Le géant secoua la tête.

— Aucune, fit-il. L'avion n'était pas immatriculé. Quant à pouvoir discerner les traits du pilote, avec le carrousel que vous meniez…

Morane fit la grimace.

— Tout à l'heure, avant de nous envoler d'Entebbe, vous parliez des ennuis que nous aurions à affronter une fois arrivés à Bomba. Il n'a pas fallu attendre jusque-là. La série vient de commencer…

Packart approuva.

— Et de belle façon encore. Ah ! si je tenais le fils d'hyène qui a déclenché ce baroud…

Devant l'appareil, une haute montagne tronquée et couronnée de lueurs sinistres, imposa sa masse aux flancs couverts de scories et de laves séchées.

— Le volcan Kalima, dit Packart.

L'avion glissa le long des pentes désolées, et le double miroir, en forme de 8, du lac M'Bangi apparut avec, sur ses bords, les maisons blanches de Bomba noyées dans la mousse verte des végétations tropicales.

Packart pointa le doigt vers un espace débroussaillé au bord duquel on avait construit quelques hangars.

— Voilà l'aérodrome, dit-il. Posez-vous doucement, car les nids de poule ne sont pas rares. Un peu trop de fougue, et nous courons le risque de casser du bois. Pour le coucou, passe encore, il peut se réparer. Quant à nous, une cicatrice ou deux ne déparerait guère notre beauté. Mais il faut songer à Mademoiselle Holleman. Son oncle est un puissant personnage. Que dirait-il si nous lui ramenions sa nièce chérie en pièces détachées ?

— Ne craignez rien, dit Bob en faisant descendre lentement l'appareil. Je tiens à la vie. En outre, je crois que je vais me plaire dans la région. Les bords du lac M'Bangi me paraissent tout à fait édéniques.

— Édéniques, édéniques, grommela Packart. Bien sûr. Vous ne pouvez y faire un pas sans qu'une charge de plastic ne vous éclate sous les pieds…

4

Située par l'inconscience des bâtisseurs dans une faille volcanique, baignant dans un air stagnant et surchauffé, Bomba tenait à la fois du paradis et de l'enfer. Du paradis à cause de la douce somnolence qui accablait ses habitants et les forçait à vivre au ralenti ; de l'enfer à cause de la chaleur torride qui y régnait.

Dans la Jeep, conduite par le professeur Packart et qui le menait à travers les faubourgs de la ville, Bob Morane ne cessait d'étancher la sueur qui lui coulait de partout. Packart, lui, conduisait d'une main et, de l'autre, s'épongeait le front avec application.

— Quand les blancs sont venus s'installer ici, expliquait le géant, il existait un village indigène dans cette faille. On a construit tout près, pour avoir plus facilement de la main-d'œuvre. Quand on s'aperçut qu'on avait bâti aux portes mêmes de l'enfer, il était trop tard. Bomba était devenu un point géographique. On pouvait évidemment la détruire et la reconstruire plus loin, mais il aurait fallu des années pour changer son emplacement sur les cartes. Vous comprenez ce que je veux dire...

— Bien sûr, fit Bob. Les cartes, dans notre civilisation, c'est sacré. C'est grâce à elles que l'on peut suivre les avances du progrès, la lente et navrante défaite de la nature.

Packart se mit à rire.

— La défaite de la nature. Mon œil !... Les hommes ont beau mettre quelques malheureux gorilles en cage pour donner le frisson aux visiteuses de nos zoos, il y a des choses dans la nature qu'ils ne réussiront jamais à vaincre...

S'interrompant, le savant montra la masse rébarbative du volcan Kalima se découpant sur le ciel couleur de cobalt.

— Vous voyez ce gros frère-là, continua-t-il, et bien, un beau jour il va se payer un de ces feux d'artifice qui laissera les civilisateurs de la région Gros-Jean comme devant.

— Eh, minute ! interrompit Bob. Vous oubliez que, vous-même, vous faites partie de ces civilisateurs.

Le visage de Packart s'assombrit.

— Bien sûr, j'en fais partie... Mais, entre nous, commandant Morane, est-ce que, vous comme moi, vous n'avez pas parfois envie de vous ceindre les reins d'un pagne et de danser une fameuse bamboula au son du tam-tam ?

— Et comment ! approuva Morane. Hélas, notre hérédité de civilisés...

— ... est comme un amidon qui nous rrrrend pppppareils aux cols durrrs de nos grrrands pèrrres !

Morane et Packart se mirent à rire, ce qui était une fin heureuse pour une conversation aussi sérieuse que la leur.

Au bout d'un moment, Morane releva la tête et, du menton, désigna le Kalima.

— Est-ce vrai qu'il est prêt à nous jouer des blagues ?

— Si ce n'était que lui ! Mais, mon cher Morane, toute la région travaille comme une omelette sur le feu… Tout bouge, tout craque, tout se fendille. Vous vous endormez dans une clairière et, le lendemain, en vous réveillant, vous vous retrouvez au sommet d'une colline, quand ce n'est pas au fond d'un précipice. Tenez, il y a deux ans, Kreitz, le volcanologue, et moi campions dans la montagne, à la recherche d'échantillons de lave vitrifiée quand, une nuit, une crevasse s'ouvrit soudain dans le sol de notre tente, nous forçant à lever le camp. Deux jours après, cette crevasse avait atteint une largeur de dix mètres. Un mois plus tard, elle s'était changée en un précipice vertigineux large de deux cents mètres, au fond duquel sourdait une satanée matière semblable à du métal en fusion.

— À ce train, elle doit aujourd'hui être large d'au moins dix kilomètres, votre crevasse…

— Vous vous trompez. Elle n'existe plus… Elle s'est refermée en une seule nuit, comme ça, sans laisser de traces. Et dire que nous lui avions donné mon nom ! La Faille Packart… C'était ma seule chance de passer un jour à la postérité et, crac ! Voilà mes espoirs anéantis d'un seul coup…

Après cette dernière boutade, les deux hommes se turent. La nuit tombait rapidement et une brise légère, venant du lac, se levait, apportant les senteurs mêlées des plantes et de la terre chaude. Au-dessus du cône tronqué du Kalima, le ciel assombri se teintait à présent de pourpre.

Fonçant à toute allure, la Jeep avait traversé l'agglomération indigène, composée de cases aux murs de torchis et aux toits de chaume. Lorsqu'on arriva aux premières maisons blanches de la cité européenne, les ténèbres étaient tout à fait tombées. Les phares de la Jeep éclairaient parfois en plein quelque noir, vêtu misérablement et marchant d'un pas lent vers on ne savait quel obscur destin.

Malgré la brise légère, la chaleur demeurait toujours aussi lourde et étouffante. Morane, pourtant habitué au climat des tropiques, souffla de suffocation.

— J'ai l'impression d'être dans la gueule même du volcan… Quand je songe que Claire Holleman vient ici pour passer des vacances auprès de son oncle. Elles seront chaudes, ses vacances…

En un geste familier, Packart secoua ses lourdes épaules.

— Ne craignez rien pour notre charmante compagne, dit-il. Son oncle est une grosse légume ici – vous avez pu en juger en apercevant la voiture qui est venue la prendre à l'aérodrome – et la Résidence n'est pas bâtie en pleine fournaise, mais sur la hauteur, non loin de l'hôtel Centre-Africa. Mais, au fait, c'est ici que vous logerez. J'y ai moi-même une chambre...

*
* *

Était-ce bien une chambre au sens propre du mot que celle du professeur Packart ? Elle tenait du bric-à-brac, du magasin de sport, de l'officine d'alchimie, du laboratoire de photographie et de l'atelier de mécano. Aux murs, tout un matériel de chasse sous-marine – masque, tube respiratoire, palmes, fusil lance-harpons – pendait pêle-mêle, en compagnie d'une caméra dans sa boîte étanche, d'une raquette de tennis, d'une carabine, de gants de boxe et d'outils de géologue. Sur une table, contre le mur du fond, des cornues et des éprouvettes étaient rangées à côté d'un poste émetteur de radio à moitié démonté. Plus loin, sur une seconde table, il y avait un agrandisseur photographique, près duquel s'alignait une série de cuvettes émaillées.

Lorsque Bob, après avoir rangé son équipage dans sa propre chambre, pénétra dans celle de Packart, ce dernier l'accueillit par un sonore :

— Yambo, Bwana[3] !

En fervent de l'exploration sous-marine, Morane s'intéressa aussitôt à la caméra étanche et au fusil lance-harpons.

— C'est vrai que vous êtes connaisseur, fit

---

[3] Bonjour, Monsieur !

Packart. J'ai entendu dire que vous aviez, vous aussi, pas mal rôdé dans le domaine des poissons[4]… Un de ces jours, nous piquerons une tête ensemble au fond du lac et tenterons de ramener une succulente friture…

— Cela me tenterait beaucoup, répondit Bob en hochant la tête. Hélas ! je ne suis pas ici pour m'amuser. J'ai accepté la mission de Lamertin, et il faut absolument que toute l'histoire soit débrouillée avant que le contrat entre la Compagnie et le Ministère des Colonies n'arrive à expiration…

Le géant approuva.

— Vous avez raison, dit-il. C'est là une question de vie et de mort pour la Compagnie… et pour Lamertin. Si tout sautait, le pauvre homme n'y survivrait pas. C'est d'ailleurs pour lui seul que j'ai accepté de demeurer ici. Je pourrais accepter les offres que me fait une compagnie diamantaire du Kasaï. Là, j'aurais la paix, avec bungalow à faire s'étrangler d'envie l'Aga Khan en personne, boys à ne savoir qu'en faire… Bref, la vie douce et tranquille. Tandis qu'ici c'est le grand travail – grassement rétribué d'accord, mais quand même… – avec une ration de coups durs suffisante pour en dégoûter à jamais un honnête homme…

— Oui, mais voilà, interrompit Morane, est-ce que vous pourriez vous habituer à la vie tranquille que l'on vous offre au Kasaï…

---

4 Voir « La Galère engloutie »

— Il y a de ça, bien sûr, convint Packart. Pourtant, ne vous faites pas d'illusions. Malgré mes airs de matamore, je tiens à la vie. Je ne dis pas ne pas aimer la risquer de temps en temps, quand cela en vaut la peine, ou quand j'y trouve ma joie. Mais risquer de mourir sous un éboulement provoqué, ou noyé après avoir été assommé, c'est trop bête. Décidément, c'est bien pour Lamertin que je reste.

— Nous sommes tous les deux dans le même cas, remarqua Morane. C'est le vieil homme qui m'a décidé à venir ici jouer les détectives. À le voir cloué dans sa chaise roulante, j'ai compris que quelqu'un devait absolument se bagarrer à sa place.

Le gros rire de Packart vint ajouter sa cacophonie aux ronronnements du ventilateur balayant la pièce de son faisceau d'air frais.

— Vous avez tout du chevalier sans peur et sans reproche, commandant Morane. À notre âge, c'est là une espèce devenue rare. Allons, puisque vous voulez à tout prix être Don Quichotte, je serai votre Sancho Pança...

— Un Sancho Pança de grande taille, fit Bob. Mais vous avez raison en me comparant à Don Quichotte. Pour le moment, je me bats bien contre des moulins à vent. Pour ne pas dire contre le vent tout court... Auriez-vous par hasard une idée quelconque sur l'identité de l'ennemi que nous allons avoir à combattre ?

Le savant haussa les épaules.

— Des idées, j'en ai beaucoup, dit-il, mais où est la bonne ? Voilà ce qu'il faudrait établir. Il peut s'agir d'une compagnie adverse – laquelle ? – qui, à l'expiration du contrat de la C.M.C.A., voudrait reprendre celui-ci à son compte. L'administration coloniale pourrait elle-même nous créer ces difficultés pour ne pas être obligée, pour des raisons financières ou politiques quelconques, de devoir prolonger notre concession. J'ai songé aussi à la classique « puissance étrangère », qui s'intéresserait aux richesses du Centre Afrique et désirerait se les approprier. Nous avons peut-être affaire également à quelque société secrète africaine, genre Hommes Léopards ou Mau-Mau, qui verrait d'un mauvais œil les progrès matériels réalisés par la C.M.C.A.

— Et vos Hommes Léopards ou vos Mau-Mau seraient venus me trouver à Paris pour me corriger et me faire dire, par un individu possédant une voix mielleuse, qu'il pourrait être dangereux pour moi d'accepter de travailler pour Lamertin.

La surprise se peignit sur les traits de Packart.

— Qu'est-ce que c'est que cette histoire de correction et d'individu à la voix mielleuse ? demanda-t-il.

Rapidement, Morane mit son interlocuteur au courant de l'agression dont il avait été victime dans son appartement, à Paris. Quand il eut terminé, Packart fit la grimace.

— C'est bien là la manière d'agir de nos ennemis, remarqua-t-il. En outre, cela détruit la possibilité d'une société secrète à tendance rituelle. Reste donc comme suspects : la compagnie adverse anonyme, l'administration coloniale elle-même, et la «

puissance étrangère ».

— Tout cela ne nous avance guère à grand-chose, fit Bob. Nous ne pouvons nous contenter, pour agir, de suppositions. Il nous faut des certitudes.

— Mais où aller les chercher ?

— Nos ennemis eux-mêmes nous aideront. Il nous suffira d'attendre qu'ils attaquent à nouveau. Peut-être alors se découvriront-ils...

— Je n'aime pas beaucoup ce jeu-là, fit Packart. Trop dangereux... Quand vous verrez de quoi ces bandits sont capables, vous serez de mon avis.

Morane eut un geste, qui signifiait à la fois l'impuissance et la résignation.

— Nous n'avons pas le choix, dit-il. Attendre et voir venir, c'est tout ce qui nous reste à faire.

— Puisque c'est là la seule solution, concéda Packart, il faudra bien nous résoudre à l'admettre. En attendant, qu'allez-vous faire ?

— En principe, je suis venu ici en qualité d'ingénieur des travaux. Je vais donc agir comme tel pour continuer à donner le change. Demain, je me rendrai sur le lac, et assisterai aux essais de pompage du méthane. Peut-être voudrez-vous bien continuer à me piloter...

— Sûrement, dit Packart. D'ailleurs, le devoir m'y appelle également...

Il regarda sa montre.

— Déjà neuf heures, constata-t-il. Il serait sage d'aller dormir, commandant, car le voyage doit vous avoir épuisé, et demain il nous faudra nous mettre en route avant l'aube...

Les deux hommes se séparèrent, et Morane regagna sa chambre. Quand il en eut refermé la porte, la première chose qu'il aperçut fut ce billet posé sur son lit. Le texte en était tapé à la machine et disait simplement :

« Vous avez eu tort, commandant Morane, de ne pas prendre notre avertissement en considération. S'il vous arrive un quelconque malheur, vous l'aurez cherché... »

Bien entendu, ce joli morceau de prose n'était pas signé.

5

La surface du lac M'Bangi commençait à se dorer sous les premiers rayons de soleil obliques, qui jaillissaient de derrière les crêtes tourmentées de la chaîne volcanique. La Jeep dans laquelle Morane et Packart avaient pris place, amorça un large virage, quitta la route rocailleuse et s'engagea sur un embarcadère aux planches mal jointes et auquel un étrange navire, nommé « Mercédès », était amarré.

C'était une sorte de vaste péniche pontée et supportant toute une machinerie complexe, dont la destination précise échappa tout d'abord à Bob. Ensuite, il se rendit compte qu'il s'agissait là d'une espèce de pompe aspirante, à laquelle on avait accouplé une série de réservoirs de petite dimension. Sur un énorme tambour, comparable à ceux dont on se sert pour stocker le câble électrique, mais de proportions plus importantes encore, quelque chose ressemblant à un gigantesque ruban était enroulé. Près de cette bizarre machinerie, quelques noirs et deux Européens vêtus de shorts s'affairaient.

La Jeep s'était arrêtée. Packart sauta sur l'embarcadère et, suivi par Morane, grimpa à bord de l'embarcation. Les deux Européens vinrent aussitôt à leur rencontre et serrèrent la main à Packart. Celui-ci se tourna vers Bob.

— Mon cher Morane, dit-il, laissez-moi vous présenter deux de mes plus fidèles collaborateurs : André Bernier et Louis Lamers. André est notre chimiste. Quant à Louis, nous lui devons la mise au point du procédé d'extraction du méthane…

— N'exagérons rien ! s'exclama Lamers. Vous savez très bien, Jan, que l'idée de base qui a servi à la construction de nos appareils vient de vous. Je n'ai fait que corriger quelques défauts techniques.

Selon son habitude, Packart haussa les épaules et frotta rapidement ses grandes mains l'une sur l'autre, dos contre paume.

— Mon vieux Louis, fit-il d'une voix bourrue, si vous voulez à tout prix être modeste, tant pis pour vous. Disons donc que nous sommes les inventeurs du truc en question… Mais il me faut vous présenter le commandant Robert Morane, dont vous avez peut-être déjà entendu parler. Le commandant Morane nous a été envoyé en qualité d'ingénieur des travaux. Je suis certain qu'il nous sera d'un grand secours…

— J'en suis également persuadé, dit Bernier en s'inclinant. Soyez le bienvenu parmi nous, commandant Morane…

— Enchanté de vous rencontrer, commandant, fit Lamers à son tour.

Bob serra les mains qu'on lui tendait.

— Je suis heureux de vous connaître, Messieurs, fit-il. Mais laissez tomber le « commandant ». La guerre est finie, j'ai dit adieu à l'armée, et je ne commande plus rien du tout...

Les trépidations d'un puissant moteur Diesel firent soudain vibrer le bateau tout entier. Les amarres furent larguées et le « Mercédès », s'écartant de l'embarcadère, fila à bonne vitesse vers le large, Morane avait profité du court répit laissé par la manœuvre pour détailler André Bernier et Louis Lamers. Le premier était un grand gaillard brun d'une trentaine d'années, aux traits fins, aux cheveux noirs bouclés et aux manières distinguées. Lamers lui, âgé de quarante-cinq ans environ, était petit, roux de poil et portait des lunettes cerclées d'or derrière lesquelles ses yeux de myope papillotaient sans cesse.

« L'un de ces deux hommes entretient-il des rapports avec les puissants ennemis de la C.M.C.A. ? se demandait Bob. Est-ce Bernier, l'homme que je cherche, ou bien Lamers ? Attendons d'avoir rencontré Boris Xaroff, Albert Kreitz et Michaël Lawrens... » Plus il y songeait, plus Morane s'ancrait dans la certitude qu'un des membres du personnel scientifique de la Compagnie devait trahir cette dernière. Mais qui était ce traître, et pour le compte de qui travaillait-il ? Voilà ce qu'il allait devoir découvrir avant que, dans un mois et quelques jours, le contrat unissant la C.M.C.A. et l'administration coloniale n'arrivât à expiration.

Le « Mercédès » avait gagné le large. Le moteur

fut stoppé et les ancres mouillées. Les Noirs se mirent alors à dérouler ce que de loin, Bob avait pris tout d'abord pour une sorte de large ruban et qui se révélait être, en réalité, une conduite de matière plastique extra-souple. L'extrémité libérée fut lestée et immergée et le dévidoir actionné à l'aide d'un treuil. Rapidement, la conduite, tel un long serpent, se mit à descendre dans les profondeurs du lac.

— Ce sera notre dernier sondage, expliqua Packart. Si les résultats se révèlent satisfaisants dans cette partie du lac comme ils se le sont montré dans l'autre partie, nous pourrons commencer l'extraction sur une grande échelle... À condition que les circonstances le permettent, évidemment...

Morane désigna la conduite, que l'on continuait à immerger.

— Vous faut-il descendre profondément pour atteindre la nappe de méthane ?

— Jusque quatre cents mètres environ, et même un peu au-delà. Le méthane, mêlé à de l'hydrogène sulfuré est là, en solution sous pression. Lors du pompage, l'équilibre hydrostatique est rompu et l'eau du fond entraînant le gaz en émulsion, monte dans la conduite, suivant le principe d'Archimède. Il suffit de faire baisser la pression d'un kilo seulement pour rompre l'équilibre en question. Après amorçage, l'eau continue à jaillir sans qu'il soit besoin de continuer à pomper, ce qui, en cas d'utilisation industrielle, contribue à faire baisser de façon considérable le coût de l'extraction. Une fois à l'air libre, le gaz se sépare de l'eau, tout à fait comme cela se passe lorsqu'on ouvre une bouteille de champagne ou d'eau gazeuse. Il suffit alors de recueillir ce gaz et de séparer ses éléments constituants l'un de l'autre, le méthane d'une part et l'hydrogène sulfuré de l'autre. Aussitôt, le méthane est prêt à l'usage. Il n'est même pas nécessaire de construire des tanks de grande capacité, puisque la fourniture se fait « à la demande », comme dans un puits de pétrole. Le fond du lac lui-même constitue un réservoir idéal… et peu coûteux.

Morane hocha la tête.

— C'est là une excellente combinaison, fit-il. La nature a stocké le méthane, et l'homme n'a plus qu'à amorcer. Une fois l'équilibre rompu, crac, le gaz vient tout seul. Il n'y a plus qu'à tendre la main – si je puis m'exprimer ainsi – pour le recueillir. Je comprends pourquoi la C.M.C.A. a choisi ce méthane comme énergie pour les futures usines de la région. Pourtant, il y a une chose qui me tracasse…

— Quoi donc ?

— Qu'arriverait-il si, pour une raison ou pour une autre, l'équilibre était brusquement rompu sur une vaste étendue, toute celle du lac, par exemple ?

— Il y aurait un drôle de bouillonnement, dit le savant. Le mélange méthane-hydrogène sulfuré s'échapperait et se répandrait partout. Quand l'odeur d'œuf pourri se serait dissipée, il n'y aurait plus aucun être vivant dans la région.

— Jolie perspective, grimaça Morane. Quand on pense qu'il suffirait d'une différence d'un kilo de pression pour que…

— Cette supposition est ridicule, coupa Packart. Cet équilibre est régi par des lois physiques qui se sont maintenues depuis les époques géologiques. Rien ne permet de croire qu'une nouvelle loi physique puisse venir les rompre.

— L'atome est lui aussi régi par des lois physiques. N'empêche qu'on est parvenu à en réaliser la fission, fit remarquer Bob.

Packart secoua la tête comme un boxeur qui vient de recevoir un coup redoutable et s'entête à vouloir continuer le combat malgré les injonctions de son soigneur.

— Il ne s'agit plus ici d'une loi physique détruite par une nouvelle loi physique, mais d'une intervention humaine. Je ne vois pas très bien quel plaisantin, en admettant qu'il en ait les moyens, s'amuserait à faire se libérer d'un coup tout le gaz contenu au fond du lac. Il devrait avoir une fameuse envie de se suicider et ce serait là une façon bien spectaculaire d'attenter à ses jours, convenez-en…

— J'en conviens, dit Morane en riant. Personnellement, je préférerais avaler un cent de clous. Ce serait plus simple, et aussi plus économique.

Packart haussa les épaules et secoua à nouveau la tête de façon têtue.

— Je ne vous vois pas très bien vous suicider… Vous semblez aimer trop la vie…

— Si je l'aime ! s'exclama Morane. Et elle m'aime aussi… C'est pour cela que nous ne sommes pas prêts à nous séparer tous les deux… Mais j'ai l'impression que votre serpent de mer a fini son plongeon !

Le monstrueux tambour, autour duquel était enroulée la conduite de plastique, était vide à présent, et le treuil s'était arrêté de tourner. L'extrémité non immergée de la conduite fut fixée à la tubulure de la pompe, et Lamers abaissa une manette. Il y eut un ronronnement de moteur, puis un éclatement et un long bruit de succion.

Quelques minutes passèrent et, soudain, en une longue pulsation, l'eau jaillit, mousseuse. Il y eut un bref arrêt, puis un nouveau jaillissement. Lamers releva la manette commandant l'arrêt du moteur, et la pompe cessa de fonctionner. Pourtant, l'eau mousseuse comme un champagne, continuait à jaillir en de longues giclées. Les indigènes se mirent à pousser de petits cris d'étonnement. Ils ne parvenaient sans doute pas à comprendre comment, malgré l'arrêt de la pompe, l'eau pouvait s'échapper encore au même rythme, et ce phénomène inexplicable suffisait à leur procurer un émerveillement d'enfants.

Lamers ajusta vivement la sortie de la pompe à un premier séparateur. Quelques secondes après, l'aiguille d'un instrument qui ressemblait beaucoup à un compteur à gaz de ville, se mit à osciller.

Une affreuse odeur d'œufs pourris empoisonnait à présent l'atmosphère, ce qui n'empêcha pas Packart de pousser un cri de joie.

— Nous avons gagné ! Qui dit odeur d'œufs pourris, dit hydrogène sulfuré et qui dit hydrogène sulfuré dit méthane. Voyez d'ailleurs le compteur. Coupez, Louis !...

Lamers actionna une vanne, et le liquide cessa de gicler.

— Qu'en pensez-vous, Morane ? demanda André Bernier.

— Si je n'étais pas moi-même prévenu contre les pseudo-sortilèges de la science et de la technique moderne, fit Bob, je pousserais un petit « Oh ! » d'admiration superstitieuse.

Le visage de Packart s'était assombri.

— Nous voilà définitivement fixés à présent sur la richesse en méthane de ce lac, et nous allons pouvoir monter une petite usine provisoire sur ses bords. Tous ses éléments nous sont déjà parvenus en pièces détachées, et il ne nous reste plus qu'à les assembler. Il faut qu'au moment de l'échéance du contrat, cette usine fonctionne et produise déjà du méthane. Cela aidera fortement la Compagnie à obtenir le renouvellement de sa concession. Il nous reste un mois. C'est suffisant pour achever notre travail, à condition toutefois qu'on ne vienne pas nous mettre des bâtons dans les roues. Encore quelques sabotages dans le genre de ceux qui nous ont retardés ces dernières semaines, quelques intimidations pour faire fuir nos hommes, et nous sommes dans la mélasse jusqu'au cou, et avec nous Lamertin et la C.M.C.A.

— S'il faut en juger par l'agression dont vous avez failli être victimes hier, vous et Morane, alors que vous reveniez d'Entebbe, fit Bernier, nos adversaires mettront tout en œuvre pour nous empêcher de réaliser nos plans avant la date limite. Nous pouvons y compter...

Avec une sorte de fureur frénétique, Bob secoua la tête.

— Il ne faut pas nous voir pendus avant même que la corde ne soit tressée, fit-il d'une voix dure. Hier, notre pirate de l'air à la guimauve a manqué son coup. Nous nous arrangerons pour que toutes les autres tentatives échouent de la même façon. Nous emploierons la force s'il le faut...

— Pour cela il nous faudrait savoir exactement d'où viennent les coups, glissa Lamers.

— Nous le saurons, fit encore Morane avec une sorte de hargne dans la voix. En attendant, quand nos ennemis frapperont, au lieu de courber l'échine et d'attendre que l'orage passe, nous nous mettrons à frapper plus fort. Rendre coup pour coup, voilà ce que nous devrons faire. Je chéris la paix mais quand on me force à faire la guerre, je la fais...

Lamers eut un signe de dénégation.

— Tout cela serait très bien si nous étions les maîtres, mais nous ne sommes que de pauvres ingénieurs obligés d'obéir aux grosses légumes installées dans leurs bungalows de luxe sur les hauteurs de Bomba. Ils se contentent de toucher des traitements de ministres et de passer les journées à boire des whiskies-soda, allongés dans leurs chaises à bascule. Quant à agir, c'est autre chose...

— Et les ordres de Lamertin, qu'en fait-on ?

— Le pauvre ! dit encore le physicien. Il est cloué

dans son fauteuil roulant, à Paris, et il ne peut rien. Les grosses légumes disent qu'elles ne sont pas employées pour faire la guerre, mais pour faire marcher une compagnie minière, et c'est un peu vrai.

Morane allait parler à nouveau quand Packart, qui se tenait légèrement en arrière, lui enfonça discrètement un doigt dans les côtes. Aussitôt Bob comprit que cela voulait dire quelque chose comme :

« Qu'est-ce qui vous prend de vous emballer ainsi, mon vieux ? Si vous continuez vous allez mettre la puce à l'oreille à quelqu'un, car on ne peut pas savoir, ici, où sont exactement nos amis et nos ennemis. Jusqu'à nouvel ordre, vous êtes seulement un simple ingénieur de travaux, ne l'oubliez pas. Alors, ne faites pas montre d'un zèle intempestif. »

Bob se mordit les lèvres. Au souvenir de l'agression de la veille, il s'était laissé emporter par la colère. À présent, à la suite de l'intervention de Packart, il se sentait apaisé et réalisait que, bien souvent, le silence est la meilleure des armes.

— Rien ne sert de nous emballer, disait Packart. Mieux vaut attendre les événements, en espérant qu'ils nous seront favorables... Il nous faut avant tout songer à construire notre usine...

La conduite de plastique était à présent enroulée à nouveau sur son tambour. Les ancres furent remontées, le Diesel remis en marche, et le « Mercédès », se dirigeant vers la rive, fila doucement sur les eaux calmes du lac M'Bangi.

Le soleil était haut à présent, et la chaleur devenait de plus en plus écrasante. La nature tout entière semblait baigner dans du plomb fondu...

*
* *

Le bateau ne se trouvait plus qu'à quelques encablures de la berge quand l'explosion se produisit. Morane, qui se tenait à l'arrière en compagnie de Packart et de Lamers, fut projeté à l'eau avant même d'avoir pu se rendre compte de ce qui lui arrivait.

Il coula aussitôt, et ce fut seulement au bout de quelques secondes qu'il réagit et songea à faire les mouvements nécessaires pour freiner sa descente. Il ne ressentait aucune douleur et paraissait indemne. Alors, il remonta doucement vers la surface. Comme il allait l'atteindre, une forme humaine passa devant lui, complètement inerte. Bob saisit l'homme par ses vêtements et le hissa vers l'air libre. Une planche à moitié carbonisée flottait à sa portée. Il s'y agrippa et put alors reconnaître l'homme : c'était Lamers. Le physicien devait être évanoui, ou mort, car ses yeux demeuraient fermés et il pendait, inerte, au bout du bras de son sauveteur.

Morane jeta un rapide regard autour de lui. Non loin, le bateau-pompe, presque sectionné en deux parties, achevait de couler. Partout, des bouts de planches arrachées par la déflagration, flottaient à la dérive. À quelques mètres de Bob, Packart s'était accroché lui aussi à une épave. Une demi-douzaine de Noirs nageaient vers la rive. André Bernier avait été projeté un peu en arrière, vers le large, et il se rapprochait lentement, en une brasse aisée.

— Ça va ? demanda Packart.

— Je suis entier, fit Bob.

— Et Lamers ?

— Peut pas savoir. Il est dans le cirage... Est-ce que tous les autres sont saufs ?

— J'aperçois six Noirs seulement. Il y en avait huit... Vous fatiguez pas à nager, mon vieux. Nous avons été aperçus de la rive, et l'on vient nous chercher en canot...

Une grosse embarcation munie d'un moteur de hors-bord s'était détachée de la berge et fendait l'eau rapidement, en direction des naufragés. Un quart d'heure plus tard, ceux-ci prenaient pied sur l'embarcadère. De tous, Lamers était le plus mal en point, car il avait la jambe droite brisée en deux endroits. Il finit par entrouvrir les yeux et demanda à Morane, qui était penché sur lui :

— Que s'est-il passé ?

— Le bateau a explosé, dit Bob.

— Sale coup...

Bob serra les dents. Pour un sale coup, c'était vraiment un sale coup ! Deux travailleurs noirs avaient sans doute perdu la vie dans le drame, car on n'était pas parvenu à retrouver leurs corps. Lamers en avait pour plusieurs semaines d'hôpital. Packart portait une plaie à l'épaule, et il souffrait lui-même de différentes contusions, heureusement sans gravité. André Bernier semblait avoir le moins souffert de l'accident. Ses vêtements n'étaient même pas arrachés, et il ne portait aucune blessure.

— Comment cela est-il arrivé exactement ? demanda Morane. Explosion du moteur ?...

— Je n'en sais diable rien, fit Bernier. Je me trouvais près de la pompe – et c'est sans doute elle qui m'a protégé contre la déflagration – quand le « Mercédès » a paru s'ouvrir en deux. J'ai alors été projeté par-dessus bord...

— C'est ce qui nous est arrivé à tous, dit Packart, et ce n'était pas un accident. Quelqu'un avait placé une bombe à retardement dans la cale avant notre départ. Un moteur Diesel n'explose pas de cette façon...

— Mais qui a pu ?... interrogea Bernier.

— Qui ? explosa Packart. Il ne faut pas le demander. Le même fumier qui a organisé les sabotages, la révolte des tribus guerrières, le meurtre des deux enquêteurs envoyés par Lamertin et l'attaque aérienne d'hier...

Morane se sentit soudain envahi par une colère dont il avait de la peine à se rendre maître. La perte du « Mercédès » n'était rien, il le savait, pour la puissante Compagnie Minière du Centre Afrique, et lui-même ne s'en souciait guère. Mais deux hommes venaient de mourir dans la catastrophe, deux innocents qui ne dérangeaient en rien les plans des bandits, et cela changeait l'aspect de l'événement. Il devait tenter quelque chose, et il tenterait quelque chose, sans attendre...

— Il faudrait s'occuper de Lamers, dit-il.

— Un hélicoptère va venir le prendre pour le conduire à l'hôpital de Bomba, fit Packart. Avec sa jambe brisée, il ne supporterait pas les cahots de la jeep… Pour nous, je crois que le mieux à faire serait de rentrer à l'hôtel et de nous reposer. De toute façon, il n'y a plus rien à faire aujourd'hui.

Le géant eut une vilaine grimace.

— Et dire que nous allons devoir monter l'usine de méthane dans des conditions pareilles, continua-t-il. Avec ces deux pauvres diables qui viennent de mourir, cela ne va pas être drôle. Les hommes ne voudront peut-être pas reprendre le travail, et ils auront raison, puisque nous ne pouvons même pas assurer leur sécurité.

— Si, nous le pouvons, fit Bob.

Il venait de prendre une décision, la seule possible en l'occurrence et, en la prenant, il se découvrait auprès des ennemis de la C.M.C.A., qui le prendraient aussitôt pour cible. Pourtant, comme il leur avait servi de cible à deux reprises déjà, cela ne changerait rien à la situation.

— Que voulez-vous dire ? demanda Packart. Nous sommes désarmés comme l'enfant qui vient de naître, et vous le savez bien.

Morane parut ignorer la remarque du savant.

— Serait-il possible de réunir un conseil des dirigeants ? demanda-t-il.

— Bien sûr, fit Packart. Mais les grosses légumes n'acceptent de se déranger qu'en cas d'urgence.

— Ils se dérangeront, fit Bob, car il y a urgence. Si nous ne parvenons pas à freiner nos adversaires, l'usine provisoire ne sera jamais montée à temps et le contrat courra grands risques de ne pas être renouvelé. Il y va donc de la vie même de la Compagnie.

Packart comprit qu'il était inutile de discuter. Il réalisait d'ailleurs très bien que le moment d'agir était venu.

— O.K., Bob, fit-il. Demain, je verrai le Directeur du district et je lui demanderai de réunir le conseil le plus rapidement possible.

Morane secoua violemment la tête.

— Excusez-moi de vous bousculer, fit-il. Mais vous allez gagner Bomba avec l'hélicoptère et voir le Directeur aujourd'hui même. Je veux une réunion du conseil pour demain matin, et tous ceux qui ne seront pas présents sans raisons valables seront immédiatement vidés...

— Eh, minute ! intervint Lamers. Vous êtes ici depuis une journée à peine, comme simple ingénieur, tout comme nous, et vous comptez imposer votre loi aux grosses légumes. C'est vous qui allez vous faire vider, mon vieux...

— Morane n'est pas un simple ingénieur, comme vous le pensez, expliqua Packart, mais il est ici en qualité d'envoyé particulier de Lamertin, et il a tous les pouvoirs. Le Directeur du district lui-même doit lui obéir...

— Je vois, fit Bernier. En temps de crise, dans la république romaine, on nommait un proconsul qui, pour une période déterminée, possédait des pouvoirs dictatoriaux. C'est donc à peu près le rôle que Morane joue ici en ce moment.

Le chimiste eut une sorte de moue apitoyée et

continua s'adressant à Bob :

— Je vous souhaite bien du plaisir, car je ne vois pas très bien comment vous allez pouvoir vous tirer de votre mission. Je ne vois pas non plus comment les grosses légumes pourraient vous appuyer de façon efficace. Vous ne croyez quand même pas qu'ils vont prendre les armes pour vous aider... Ils se servent tout juste d'un fusil pour tirer d'innocentes antilopes, et encore, beaucoup d'entre eux font faire le travail par leurs boys.

Un sourire un peu crispé apparut sur le visage noirci de Morane. Dans ses yeux, une lueur brillait, lui donnant une expression de froide détermination.

— Ne craignez rien, dit-il. Je saurai leur parler, aux grosses légumes en question, et elles m'aideront, de bon ou de mauvais gré...

En ce moment, Morane avait vraiment tout du proconsul romain. D'un proconsul auquel on aurait fait sauter un pétard sous les pieds et qui n'aurait pas du tout goûté la plaisanterie...

6

Dans la vaste salle de réunions des bâtiments de la Compagnie Minière du Centre Afrique, le grand ventilateur suspendu au plafond remuait un air lourd et gluant. De chaque côté de la longue table, une douzaine d'hommes, pour la plupart d'âge mûr, étaient assis en un double rang d'oignons. Tous, vêtus de façon quasi uniforme – souliers de toile et complets blancs empesés – donnaient l'impression, à en juger par leurs mines maussades, d'avoir été amenés là contre leur volonté.

Celui qui, par sa situation à l'extrémité de la table, devait être le président de l'assemblée, était un grand homme roux, d'une cinquantaine d'années et dont le visage jaunâtre indiquait un foie en mauvais état. Ses yeux, derrière d'épais verres cerclés d'or, faisaient immanquablement songer, par leur hébétude même, à ceux de quelque poisson d'aquarium.

Lorsque Packart, suivi de Morane, pénétra dans la salle, il y eut comme une tension soudaine, presque de l'hostilité, sur tous les visages.

— Messieurs, commença le savant en désignant Bob de la main, je dois vous présenter monsieur Robert Morane qui, comme je l'ai appris hier à votre président, est ici, à Bomba, en qualité d'envoyé extraordinaire de Lamertin…

Une des « grosses légumes », un petit homme replet, au visage couleur de tomate trop mûre, se leva et demanda, criant presque :

— Depuis quand Lamertin nous envoie-t-il un « homme de main » sans nous en avertir ? Après tout, il n'est pas le seul que cela regarde…

Le rouge de la colère monta au front de Packart. Il avança d'un pas vers l'homme qui venait de parler, et il allait sans doute prononcer des paroles irréparables, lorsque Morane s'interposa et, faisant face à l'assemblée, dit d'une voix calme :

— Messieurs, on vient de me traiter d'« homme de main ». Malgré tout ce que cette qualification comporte de péjoratif, je ne ferai pas preuve de vaine coquetterie, et je l'accepte. On a d'ailleurs besoin d'un homme de main ici, de quelqu'un qui secoue l'apathie générale et force les autres à se défendre plutôt qu'à courber les épaules. Depuis plus de trois mois, les sabotages et les attentats se succèdent et qu'a-t-on fait pour les empêcher ? Rien… Lamertin a envoyé deux enquêteurs. On les a retrouvés morts. Alors, personne n'a tenté de prendre les places laissées vacantes…

Le président de l'assemblée se leva et interrompit Morane.

— Avant de continuer, dit-il, nous voudrions savoir pourquoi Lamertin vous a choisi, vous, qui n'avez rien à voir avec la Compagnie, pour le représenter ici. Nous voudrions savoir également pourquoi nul d'entre nous n'a été avisé de ce choix.

Sur le visage aux traits tendus de Morane, un mince sourire apparut. Ses yeux cependant demeuraient durs et fixes.

— Je pourrais vous répondre, fit-il, que cela regarde Lamertin, et Lamertin seulement, mais je ne le ferai pas. Lamertin m'a choisi pour des raisons sentimentales, qui probablement vous échapperaient, et aussi sans doute parce qu'il m'a jugé capable de venir à bout de ma mission. D'autre part s'il n'a pas cru bon de vous avertir, c'est parce qu'il est le seul maître des destinées de la Compagnie. Si, demain, il lui prenait la fantaisie de jeter sur le marché toutes les actions qu'il possède, il ne vous resterait plus qu'à faire vos valises et à aller chercher fortune ailleurs. Mais il y a une autre raison au silence de Lamertin. Il est fort possible, sinon certain, que quelqu'un travaillant ici, à Bomba, pour la Compagnie, ait partie liée avec les ennemis de celle-ci, et ce quelqu'un peut être n'importe lequel d'entre vous…

Un murmure hostile accueillit les paroles de Morane, mais il l'apaisa d'un geste.

— Je n'ai l'intention d'insulter personne, continua-t-il. Seul, le coupable éventuel peut se sentir touché par mes paroles. Aux autres, je demande une aide pleine et entière.

— Que pouvons-nous faire ? interrogea le

président. Les ennemis de la Compagnie tuent et saccagent. Pour les combattre, nous devrions nous transformer en guerriers. Nous sommes des individus paisibles, nous...

— Je le sais, répondit Morane. Nous sommes tous des individus paisibles, jusqu'au moment où nous avons besoin de nous défendre... Si vous aimez recevoir des coups sans réagir, à votre guise. Êtes-vous tous ici, au complet ?...

— Il ne manque que Bruno Sang, le chef du service comptable. Il vient de rentrer d'Europe et le changement trop brusque de climat l'a forcé à s'aliter.

— Nous nous passerons de lui, dit encore Bob. De toute façon, sa voix ne pèserait pas lourd dans la décision que vous allez prendre.

À ce mot de « décision », tous les membres du conseil s'entre-regardèrent avec inquiétude. Morane enchaîna aussitôt :

— Laissez-moi m'expliquer... Vous n'ignorez pas que la Compagnie est en butte aux actions d'ennemis puissants. Les moyens et les méthodes employés en témoignent. Il est évident d'autre part que ces ennemis visent à ce que le contrat liant la C.M.C.A. et l'administration du Centre Afrique ne soit pas renouvelé. Il faut donc s'attendre à ce que tout soit mis en œuvre pour empêcher la construction, dans le délai voulu, de l'usine d'extraction du méthane. Nous devons donc à tout prix protéger les chantiers de construction contre tout attentat. Faute d'avoir à ma disposition une police organisée, j'ai décidé de faire appel à la force publique…

Cette fois, ce fut un tohu-bohu indescriptible parmi les membres de l'assemblée.

— Et vous croyez sans doute, s'exclama le président, que l'administration coloniale va mettre ainsi des troupes à votre disposition !

— Je ne le crois pas, répondit Bob, j'en suis certain. (Ou presque, songea-t-il.) Cette nuit, j'ai parcouru une copie du contrat que Lamertin m'avait remise avant mon départ de Paris. Une clause de ce contrat dit à peu près ceci :

« En cas d'atteinte grave à sa sécurité, tels que sabotage organisé, révolte ou grève à caractère terroriste ou politique, la Compagnie Minière du Centre Afrique pourra faire appel, après décision prise à l'unanimité par les membres présents de son comité directeur, à la force publique. Dans ce cas, l'administration coloniale se verra dans l'obligation de lui apporter les secours demandés. »

Dans la salle, le silence s'était reformé. Tous les yeux étaient fixés sur Morane et celui-ci comprit qu'il tenait un avantage dont il lui fallait profiter au plus vite.

— Jamais, enchaîna-t-il, la sécurité de la Compagnie n'a été davantage compromise. Je dirai même plus, c'est sa vie qui est en jeu. Si l'usine ne fonctionne pas dans le temps prévu, le contrat ne sera sans doute pas prolongé, car une autre clause dit :

« La concession est valable pour une durée de trente années, avec renouvellement tous les dix ans. À la fin des deux premières périodes de dix années, l'administration coloniale ne pourra résilier le présent accord que si les actes de la C.M.C.A. ne lui ont pas donné pleine satisfaction. »

« Voilà vingt ans que ce contrat a été signé, acheva Bob. À l'issue de ces dix dernières années, l'administration coloniale pourra résilier le contrat seulement si la Compagnie lui en fournit l'occasion. Si l'usine ne fonctionne pas à temps voulu, cette occasion sera toute trouvée... Je vous demande donc de voter la demande de secours armés à l'unanimité...

Le petit homme qui, au début de la séance, avait traité Morane d'« homme de main », demanda :

— Et qu'arrivera-t-il si l'un de nous, ou plusieurs d'entre nous refusaient de donner leurs voix ?

— Ils seraient considérés comme agissant contre les intérêts de la Compagnie et licenciés aussitôt. Lamertin m'a donné tous pouvoirs, ne l'oubliez pas. Après l'élimination des éléments suspects, le vote sera repris, et l'on arrivera ainsi à l'unanimité absolue des membres présents.

Le petit homme ricana.

— Comment saurez-vous lequel ou lesquels d'entre nous auront voté contre le projet, puisque le vote sera secret ?

— Le vote ne sera pas secret. Il se fera mains

levées et, une fois l'unanimité acquise, un procès-verbal sera rédigé et signé de vous tous.

Le président leva vers Bob un visage grave.

— Vous ne nous laissez aucune chance, monsieur Morane, dit-il d'une voix tremblante.

— Je n'ai pas le choix, fit Bob. Entre votre liberté et l'intérêt de la Compagnie, je ne puis hésiter… Lamertin, en m'envoyant ici, m'a assigné une mission très précise, et j'ai décidé de la remplir coûte que coûte, dans la mesure où mon honnêteté n'est pas en jeu. Comme l'intérêt de la Compagnie est en même temps le vôtre, je ne considère pas commettre un acte malhonnête en vous posant le couteau sur la gorge comme je viens de le faire. Messieurs, le vote est ouvert.

Après quelques courtes hésitations, douze mains se levèrent timidement vers le plafond, donnant ainsi à Morane l'unanimité requise.

*
* *

Un quart d'heure plus tard, Bob et Packart se retrouvèrent dans la rue, sous un soleil qui semblait devoir faire fondre le béton des bâtiments lui-même. Morane se sentait légèrement hébété. L'acte dictatorial qu'il venait de commettre le surprenait et, éteinte la griserie du moment, il se demandait dans quelle mesure il avait dépassé ses droits strictement humains. Avec acuité, il se rendait soudain compte qu'il venait d'agir comme Lamertin aurait à coup sûr agi : en despote. Et cette constatation le chagrinait.

Packart lui envoyait une dure bourrade dans l'épaule et éclatait soudain d'un rire depuis longtemps contenu.

— Qu'est-ce que vous leur avez mis, mon vieux. Lamertin n'aurait pas fait mieux dans le genre. Les « grosses légumes » se sont dégonflées avec un ensemble qui aurait ravi mon ex-adjudant lui-même. Et Dieu sait s'il était difficile quand il s'agissait d'ensemble...

— Bien sûr, fit Bob avec une grimace, je les ai fait marcher. Mais je me suis aussi fait douze ennemis...

— Eux, des ennemis ! Vous vous trompez... Lamertin avait l'habitude, avant que son infirmité ne le clouât dans son fauteuil à roulettes, de les traiter de cette façon cavalière. Ils ont dû croire tout simplement que le bon temps était revenu...

Les deux hommes se mirent à marcher en silence, cherchant l'ombre des maisons, puis Packart dit encore :

— De toute façon, vous ne pouviez agir autrement. Sans l'aide de la force publique, nous ne pourrions jamais parvenir à mettre en place les éléments de l'usine. Les derniers attentats, dont vous avez failli vous-même être victime, vous ont montré de quoi nos ennemis sont capables. Enfin, maintenant que vous avez votre procès-verbal signé par tous les membres du conseil, vous allez pouvoir obtenir l'aide nécessaire...

De sa poche, Morane tira ledit procès-verbal, soigneusement plié en quatre. Il le tint dans le creux de sa main et le considéra longuement.

— Nous servira-t-il seulement à quelque chose ? dit-il enfin. Si l'administration coloniale refuse, pour une raison quelconque, de m'appuyer, nous ne serons guère plus avancés...

— Elle ne refusera pas. D'ailleurs, vous avez une précieuse alliée dans la place...

Morane sursauta et demanda :

— Que voulez-vous dire ? Quelle est cette alliée ?...

— Avez-vous déjà oublié Claire Holleman ? demanda le savant avec un sourire. Elle est la nièce de l'Administrateur, ne l'oublions pas, et vous lui avez sauvé la vie voilà deux jours. Or, j'ai appris que l'Administrateur adorait sa nièce et...

— Inutile d'achever, coupa Morane. J'ai compris tout le machiavélisme de votre pensée, mon vieux Jan. Pas plus tard que ce soir je vais me boucler les cheveux au petit fer et aller rendre visite à Mademoiselle Claire. Peut-être aurai-je la chance de rencontrer son oncle...

Packart considéra de façon comique la brosse de cheveux courts ornant le crâne de Bob. Puis il se mit à rire.

— Le diable peut m'entraîner vivant dans son antre si vous réussissez jamais à faire boucler ces espèces de fils de fer qui vous servent de système pileux occipital. Même un Einstein de la permanente y perdrait son latin...

Bien entendu, Morane ne réussit pas à prêter la moindre ondulation à sa chevelure rebelle. Pourtant, le lendemain matin, quelques heures seulement après sa visite à la Résidence, une centaine d'hommes de la force publique, armés d'armes automatiques, s'installaient au bord du lac, tout autour de l'endroit où devaient être assemblés les éléments de l'usine.

7

Depuis plusieurs jours, le Kalima grondait comme une bête en fureur et, la nuit, les lueurs de son cratère embrasaient le ciel. Pourtant son activité ne se manifestait pas de façon autrement tangible, soit par des coulées de lave ou une pluie de cendres. C'était une colère qui, jusqu'à nouvel ordre, demeurait toute platonique.

Morane et Packart, ce soir-là, étaient assis dans des chaises longues, au bord du lac, buvant du jus de citron glacé. Cela faisait à présent deux semaines que Morane avait fait appel à la force publique et, sous la protection des armes, les travaux de l'usine, menés par une équipe renforcée et triée sur le volet, avançaient rapidement. Aucun attentat n'avait plus été commis. Pour pouvoir surveiller les travaux de façon permanente, Morane et Packart avaient quitté leurs chambres de l'hôtel Centre-Africa, pour s'installer dans deux cabanes construites près des chantiers. Chaque matin, les ouvriers et les monteurs se voyaient soumis à une fouille sévère et une surveillance de chaque instant était exercée.

Ce début de nuit baignait dans un calme absolu. De-ci, de-là, on apercevait la silhouette de quelque gardien et, parfois, le canon d'un fusil ou d'une mitraillette lançait un éclair argenté. Seuls, les borborygmes du Kalima et, parfois, le battement d'un lointain tam-tam, troublaient le silence.

Packart posa sa courte pipe de bruyère devant lui et se frotta les mains avec une sorte de férocité joyeuse.

— Je crois que, cette fois-ci, dit-il, nous tenons le bon bout...

Dans l'ombre, Bob grimaça.

— Le Ciel vous entende, mon vieux Jan, dit-il. Pourtant, si vous voulez connaître mon avis, nos adversaires ne peuvent avoir désarmé ainsi. Ils paraissent trop puissants et trop décidés pour cela. Ma brusque riposte les aura surpris et, à présent, ils attendent avant de nous attaquer à nouveau...

— S'il en est ainsi, qu'attendent-ils, à votre avis ? demanda Packart.

— Tout simplement que le montage de l'usine soit achevé, à quelques jours, deux ou trois au maximum, de la date limite. Si, à ce moment, ils détruisaient votre travail en tout ou en partie, vous auriez bien de la peine à réparer les dégâts avant l'échéance du contrat, qui ne serait pas renouvelé...

Le savant demeura un instant plongé dans ses réflexions.

— Peut-être aurez-vous raison, dit-il au bout d'un moment. Si j'étais à la place de nos ennemis, j'agirais comme vous venez de le dire. Mais comment avec le système de sécurité que vous avez mis au point, parviendraient-ils à détruire l'usine ?

Bob leva son pouce vers le ciel.

— Il suffirait par exemple d'un avion volant à basse altitude et larguant une charge de nitroglycérine, ou quelques bombes au phosphore...

— Vous surestimez les qualités de l'ennemi. Si le bombardier dont vous parlez possède l'habileté du pilote nous ayant assailli l'autre jour, il y a beaucoup de chances pour qu'il mette ses bombes à côté de la cible. Diable, à moins d'être réellement une puissance étrangère, nos adversaires ne disposent quand même pas d'une aviation de combat organisée.

— C'est probable, concéda Bob. Cependant, je viens d'avoir une autre idée, absurde peut-être, mais vous la prendrez pour ce qu'elle vaut...

— Dites toujours. De toute façon, vous ne risquez pas grand-chose...

— Vous m'avez affirmé l'autre jour, continua Bob, que si, pour une raison ou pour une autre, l'équilibre hydrostatique était brusquement rompu sur toute l'étendue du lac, le méthane et l'hydrogène sulfuré s'échapperaient et se répandraient dans l'atmosphère, semant la mort à travers toute la région. Or, il suffit d'une différence de pression d'un kilogramme seulement pour rompre cet équilibre. Peut-être ce résultat pourrait-il être obtenu à l'aide de charges de fond à grande puissance. Une fois la région ruinée, il serait aisé pour nos adversaires de faire endosser la catastrophe à la C.M.C.A. Alors, adieux veaux, vaches, cochons, couvées et concession...

Packart secoua sa pipe contre le talon de sa chaussure, la bourra à nouveau et l'alluma calmement.

— Nos ennemis ne possèdent sans doute pas une imagination aussi fertile que la vôtre, dit-il enfin. En outre, il est peu probable qu'ils réussissent à mettre au point des charges sous-marines d'une puissance suffisante pour dégager la chaleur nécessaire à la rupture de l'équilibre hydrostatique. Néanmoins, mieux vaut ne pas clamer votre idée sur les toits... On ne peut jamais savoir jusqu'à quel point elle séduirait ceux d'en face.

Là-bas, un sourd grondement monta des profondeurs du volcan, et le ciel se teinta d'un rouge plus ardent.

— En parlant de mines de fond, en voilà une de taille, dit Bob en désignant le Kalima. Si ce monstre se mettait réellement en colère, il serait peut-être capable d'envoyer une coulée de lave en fusion jusqu'au fond du lac. Or, si mes souvenirs sont exacts, la lave dégage une température, mesurée au pyroscope[5] , de l'ordre de quelques onze cents

---

5 Le pyroscope est un instrument basé sur le principe que tout corps porté à incandescence prend une couleur correspondant à sa température. L'appareil est composé d'une lunette dans laquelle passe un filament relié, par une résistance variable, à une pile électrique. Il suffit de viser le corps incandescent à travers la lunette, de mettre le courant et de faire varier son intensité jusqu'à ce que le filament ait pris la teinte exacte du corps. La température peut alors se lire sur

degrés centigrades. Probablement serait-ce suffisant pour détruire de façon catastrophique l'équilibre de la pression. Il pourrait se produire alors une sorte de réaction en chaîne, et tout le gaz contenu au fond du lac s'échapperait d'un seul coup...

Packart sursauta, laissa échapper sa précieuse pipe et regarda Morane avec effarement.

— À l'occasion, quand vous aurez encore des idées pareilles, prévenez-moi. Je ne crois pas beaucoup à l'efficacité de vos charges de fond, mais avec votre coulée de lave, c'est autre chose. Vous m'avez fait peur pendant un moment. Peut-être faudrait-il en parler à Kreitz et à Bernier. L'un est volcanologue et l'autre chimiste. Ils nous diraient si, comme je le pense, votre supposition pourrait se réaliser...

« Quand même, si c'était possible !... Si c'était possible !...

Les paroles de Morane semblaient avoir littéralement terrorisé Packart. Un petit muscle de ses mâchoires s'était mis à tressauter convulsivement, comme un insecte pris à la glu, et ses mains étaient animées d'un tremblement nerveux...

— Que vous arrive-t-il ? demanda Bob avec étonnement. On dirait que l'on vient de vous annoncer la fin du monde...

Malgré tous ses efforts, Packart ne parvenait pas à retrouver son calme.

---

un cadran.

— Mais vous ne vous rendez pas compte, disait-il, vous ne vous rendez pas compte !... Vous êtes là à me parler calmement de cette coulée de lave qui s'en irait taquiner la nappe de gaz, au fond du lac, et cela au moment même où le Kalima est peut-être sur le point de nous offrir un feu d'artifice...

Bob se mit à rire.

— Je ne pensais pas que ma théorie, toute gratuite, vous toucherait à ce point, sinon je me serais abstenu...

Un brusque sursaut agita le grand corps de Packart.

— Mais c'est que votre théorie, justement, n'est pas du tout gratuite. Elle pourrait se réaliser, vous m'entendez : ELLE POURRAIT SE RÉALISER !...

Cette fois, Morane ne riait plus.

— Êtes-vous certain de ce que vous dites ?

— Pas tout à fait, mais presque... Il faudrait demander l'avis de Kreitz, de Bernier et de Lamers. Demain, j'irai voir ce dernier à l'hôpital, et je lui parlerai. Quant à Kreitz et à Bernier, je vais leur rendre visite de ce pas...

Bob tendit une main par-dessus l'accoudoir de sa chaise longue et la posa sur le bras de son voisin.

— Pas question, dit-il. Si le bruit se répandait, cela sèmerait la panique dans toute la région. Nos travailleurs déserteraient et nos adversaires y trouveraient leur compte, et comment !... Mieux vaut garder la bouche cousue en attendant une certitude.

— Une certiti... une certitude ? balbutia Packart. Vous allez bien, mon vieux. Pour avoir une certitude quelconque, il faudrait que la catastrophe se produise, et alors il serait trop tard.

— Ne perdons pas notre sang-froid, fit Bob d'une voix assurée. Kreitz est volcanologue. Pas plus tard que demain, je vais partir là-haut, sur le volcan, en sa compagnie, afin d'étudier la situation de plus près. Si Kreitz juge qu'il y a un quelconque danger d'éruption, il sera temps d'aviser. Dans le cas contraire, tout ce qui vient d'être dit demeurera entre vous et moi. Rien qu'entre vous et moi...

Le savant eut un signe de tête affirmatif.

— Je crois que c'est là la solution la plus sage. Mais comment expliquer à Kreitz cette expédition sur le volcan ?

— Il suffira de montrer des craintes pour les installations de l'usine en cas d'éruption. Avec l'hélicoptère, nous serons sur les flancs du Kalima en moins d'un quart d'heure de vol et, si le danger ne se révèle pas immédiat, ce sera là tout simplement une petite promenade de documentation...

Packart leva vers le volcan un visage inquiet.

— Une petite promenade de documentation ? Ouais... Ce grand monsieur au brûle-gueule allumé ne me dit rien qui vaille !...

*
* *

Le lendemain, à l'aube, un hélicoptère Sikorsky s'élevait au-dessus de l'aérodrome privé de la C.M.C.A. et filait de biais, tel un gigantesque moustique aux ailes affolées, vers la chaîne sinistre des volcans. À bord, en plus du pilote, il y avait Morane, Albert Kreitz, le volcanologue et un Noir nommé Pala, dont la connaissance de la « montagne de feu » pouvait se révéler précieuse.

Kreitz était un homme de taille moyenne, d'une maigreur athlétique et aux traits nettement germaniques. Ses yeux clairs paraissaient être deux morceaux de verre poli enchâssés sous ses paupières.

Par bonds successifs, le Sikorsky s'était élevé jusqu'au sommet de la chaîne initiale, sur laquelle le massif du Kalima proprement dit s'appuyait. Dans le cratère d'un volcan depuis longtemps éteint, vaste cirque de ponce et de lave grisâtre, un village indigène alignait ses huttes rondes, à toits de chaume.

— Les Bayabongo, expliqua Kreitz, en avaient assez de devoir toujours reculer leurs cases devant la progression des laves. Alors, ils ont installé leur village dans ce cratère, où ils sont en sécurité.

— Oui, fit Bob, jusqu'au moment où ce cratère lui-même se remettra à cracher. Alors, les Bayabongo auront une drôle de surprise.

— Je ne crois pas qu'il y ait des risques, fit Kreitz. J'ai étudié le Watombi – c'est le nom du volcan éteint – et il me semble bien définitivement hors d'activité.

En dehors des huttes, tout un monde animé se pressait, et des mains se levaient en signe d'amitié. Mais déjà le village était dépassé, et l'hélicoptère se lançait à l'assaut du Kalima lui-même, survolant à présent une brousse dure et sauvage, composée, en grande partie, de ces buissons épineux appelés par les Britanniques du nom significatif de « wait a bit » (attends un peu), parce qu'ils rendent la marche pénible. Un peu partout, larges veines brunâtres rompant la monotonie verte de la jungle, d'anciennes coulées apparaissaient, rappelant aux hommes la présence omnipotente du monstre.

Du doigt, le pilote désigna une aire plane, à mi-chemin entre l'endroit atteint et le sommet du cône.

— Je vais me poser là, et vous continuerez à pied. Plus haut, je cours le risque de ne pas trouver d'endroit propice à l'atterrissage...

Le Sikorsky piqua vers l'aire choisie, se redressa et se posa doucement parmi les broussailles. Morane, Kreitz et Pala, le guide indigène, sautèrent sur le sol et se mirent en route vers le sommet, qui se découpait nettement sur le ciel chargé de vapeurs d'eau à demi condensées par les émanations brûlantes du cratère.

Partout, autour des trois hommes, les « wait a bit » dressaient leurs barrières épineuses, dans lesquelles il fallait trancher à coups de sabre d'abattis. Puis, la lave ayant consumé définitivement la végétation, les obstacles piquants disparurent, pour faire place à la ponce dure, mêlée aux éclats coupants et brillants de l'obsidienne. La marche devint plus pénible encore, dans la masse croulante des cendres barrées de failles laissant échapper des vapeurs fétides, et qu'il fallait contourner.

À un moment donné, Bob, pour éviter un détour,

voulut descendre dans une de ces failles, peu profonde. Mais, à peine avait-il touché le fond qu'il se sentit comme écrasé, tandis que, lentement, une taie rougeâtre se posait devant ses yeux. Il eut la sensation d'être attiré vers le haut, et se retrouva, couché sur le dos, au bord de la faille. Kreitz et Pala, le visage anxieux, étaient penchés au-dessus de lui.

— Heureusement que nous vous avons repêché à temps, dit le volcanologue. Quand je vous ai vu vous replier au fond du trou à la façon d'un vieil accordéon, j'ai compris que vous étiez tombé dans une poche d'oxyde de carbone. La prochaine fois, méfiez-vous…

Lorsque Bob eut repris son souffle et aspiré une bouffée d'air relativement pur, l'ascension put être reprise. Il faisait chaud, et les trois hommes furent vite en nage. La poussière grise de scories, qui se levait sous leurs pas en nuées opaques, collait à leurs visages couverts de sueur et les faisait ressembler à des masques de pierre, où seuls, leurs yeux semblaient vivre.

Kreitz leva la tête vers le cratère, maintenant tout proche et se découpant de profil sur le ciel.

— Regardez, dit-il, l'ouverture est nettement dirigée vers le sud-est, et une sorte de rebord protège ce flanc-ci. À la moindre émission de laves, celles-ci s'écouleront donc dans la direction opposée à celle du lac. De cette façon, les installations de la Compagnie n'ont rien à redouter…

— Pouvons-nous atteindre le cratère lui-même ? demanda Bob.

Kreitz haussa les épaules.

— Cela sera totalement inutile à présent. Cependant, si vous voulez, à tout prix, satisfaire votre curiosité, je n'y vois guère d'inconvénient.

La montée reprit, harassante, dans une poussière de ponce et de soufre.

De sourds grondements ébranlaient le sol et tout autour des grimpeurs, des jets de gaz fusaient parfois dans un bruit de soudaine décompression.

— Ça mauvais, Bwana, disait Pala.

Mais les deux Européens, sans se soucier de ses récriminations, l'entraînaient inexorablement à leur suite.

Plus on approchait des bords du cratère, plus le sol devenait brûlant, et l'on pouvait en sentir l'ardeur à travers le cuir pourtant épais des chaussures.

Finalement, Bob eut l'impression que le monde s'arrêtait à ras de ses yeux. Il fit encore deux pas et se trouva sur un étroit rebord, d'où ses regards pouvaient plonger dans la gueule rougeoyante du Kalima. À intervalles réguliers, des gerbes de lapilli, petites bulles de lave vitrifiée, de la grosseur d'un pois, jaillissaient dans l'air et retombaient en une pluie brûlante. Plus rarement, des bombes volcaniques, dont certaines atteignaient la grosseur d'une maison à deux étages bondissaient en ronronnant et s'écrasaient avec un bruit mou dans des éclats de magma en fusion.

Le sol brûlait au point qu'il devenait impossible d'y laisser le pied pendant plus de deux ou trois secondes, et cela forçait les hommes à une sorte de sautillement continuel. Plus bas, dans le cratère lui-même, un tourbillonnement pourpre à moitié voilé par les vapeurs, palpitait, faisant songer à la gorge brûlante d'un dragon crachant son souffle torride et empesté. L'autre côté du cratère, dissimulé par les émanations, demeurait invisible.

— D'ici, vous pouvez juger mieux encore comme la bouche est nettement orientée vers le sud-est, hurlait Kreitz dans l'oreille de Morane pour dominer les rugissements de la montagne. En cas d'émission de laves, celles-ci s'écouleront de ce côté seulement...

Morane eut un signe affirmatif et, malgré son désir de contempler encore ce gouffre flamboyant, vraie porte de l'enfer qui le fascinait, il donna le signal du retour.

Lentement, prenant gare de ne pas se laisser entraîner par l'éboulement des scories et des bombes volcaniques solidifiées, les trois hommes amorcèrent la descente. Plus bas, presque à la limite de la jungle et des cendres, l'hélicoptère les attendait.

Et, soudain, comme ils arrivaient à mi-chemin du Sikorsky, le flanc même du volcan se mit à vivre sous eux. Il y eut une sorte d'éclatement monstrueux, et un souffle brûlant les submergea.

Avant même de comprendre ce qui se passait, Morane, Kreitz et Pala s'étaient mis à l'abri, par une sorte de réflexe collectif, derrière une sorte de ressaut rocheux. Bien leur en prit, car une volée de rocs passa au-dessus de leurs têtes et se mit à dévaler la pente. « L'hélicoptère ! pensa Bob.

L'hélicoptère !... » Ce fut avec soulagement qu'il vit le Sikorsky s'arracher du sol et bondir dans les airs au moment même où l'avalanche allait l'atteindre.

Quand le danger fut passé, les trois hommes se redressèrent, et c'est alors que Kreitz poussa un grand cri où la surprise et la terreur se mêlaient.

Entre eux et le cratère, un immense trou rond, qui allait toujours en s'élargissant, s'était ouvert, et un flot de lave en sortait à la façon d'une crème pressée hors de son tube. La masse en fusion s'étalait aussitôt et descendait en roulant sur elle-même tel un monstrueux saurien de feu. Sous l'effet de l'intense chaleur, des bulles naissaient à sa surface et crevaient, dans des bruits gras d'éclatement, en lançant des gerbes de déchets pourpres.

— Un nouveau cratère s'est ouvert, hurla Kreitz, et cette fois, en direction du lac...

Déjà, Morane avait compris. La charge de fond pouvant changer toute la région en désert, était amorcée. Mais déjà, l'énorme masse de matières en fusion, entraînée par la pesanteur, fondait sur les trois hommes. L'air n'était déjà plus qu'un souffle brûlant, à l'odeur soufrée...

Une même panique saisit Morane, Kreitz et Pala. Ils se mirent à dévaler la pente à toute allure, poursuivis par la monstrueuse langue de feu. Mais celle-ci gagnait sur eux, leur brûlant les jambes, le dos et la nuque de façon intolérable. Devant cette mort horrible qui le guettait, Morane ne ressentait aucune résignation, mais une sorte d'épouvante frénétique qui lui nouait la gorge jusqu'à la douleur.

Tout en courant, trébuchant, tombant, se relevant sur la déclivité des éboulis, il jeta un rapide regard autour de lui, et une sorte de râle s'échappa d'entre ses dents serrées. La lave était à gauche, et à droite, se séparant en deux embranchements qui menaçaient de se rejoindre plus bas et de couper toute retraite.

Du doigt, Morane désigna une sorte d'éperon de lave solidifiée, haut de plusieurs mètres, vestige d'une ancienne coulée brisée sans doute par un sursaut du volcan.

— Vite, hurla-t-il. C'est notre seule chance…

Dans une ruée désespérée, les trois hommes bondirent vers l'éperon, tentant de l'atteindre avant la vague enflammée.

Morane y parvint le premier, suivi aussitôt par ses compagnons. Tous trois, d'un commun élan, s'aidant l'un l'autre, s'élevèrent le plus haut possible, à la pointe même du rocher. À présent, ils dominaient d'une dizaine de mètres le flot de lave, qui s'était refermé autour de leur refuge. La chaleur était intense, mais supportable cependant car, l'explosion ayant sans doute brusquement condensé la vapeur d'eau en suspens au-dessus de la montagne, il s'était mis à pleuvoir.

Une grande ombre descendit soudain du ciel. L'hélicoptère ! Dans leur panique, les trois hommes l'avaient oublié. Risquant d'être précipité dans le torrent de feu avec son appareil, le pilote réussit à immobiliser celui-ci à un mètre au-dessus de l'éperon, et Morane, Kreitz et Pala purent se hisser à bord.

Aussitôt l'hélicoptère bondit à nouveau à travers le ciel, filant vers le lac. Il atteignait la chaîne initiale, lorsque le sommet du Kalima se crevassa dans un bruit violent d'explosion, tandis que d'énormes pans de rochers volaient dans tous les sens.

Quand les vapeurs se furent dissipées, Morane put se rendre compte que le nouveau cratère ne faisait à présent plus qu'un avec le grand cratère lui-même. Et, cette fois, l'énorme bouche pourprée était tournée vers le lac et laissait échapper un gigantesque fleuve de magma en fusion. Déjà, ce fleuve, emporté par son propre poids, avait atteint la limite de la brousse qui, toute entière, s'enflammait telle une vaste torche.

*
* *

L'hélicoptère venait de se poser doucement sur l'aire de l'aérodrome. La Jeep de Packart se rangea à ses côtés.

— Pas de mal ? demanda le savant d'une voix anxieuse.

Morane sauta à terre.

— Ça va dit-il, mais il s'en est fallu de peu que nous soyons grillés comme de vulgaires cacahuètes.

À vrai dire, Kreitz, Pala et lui, avec leurs vêtements brûlés, leurs poils roussis et leurs ecchymoses, n'étaient guère beaux à voir. Tous portaient des brûlures plus ou moins profondes, mais cependant sans gravité. Heureux et fier d'avoir échappé au volcan, le Noir souriait de toutes ses dents. Du doigt, il désigna le Kalima.

— Ça, le diable, là-haut !... dit-il.

Morane le frappa sur l'épaule.

— Va te faire panser à l'infirmerie, dit-il.

Il se tourna vers Packart.

— Il faudrait octroyer une prime de danger à cet homme. Il n'est pas payé pour aller taquiner les portiers de l'enfer. Nous, c'est autre chose.

À son tour, Packart montra le volcan qui continuait à vomir son flot de lave, monstrueux boa serpentant maintenant à travers la jungle enflammée.

— Un fameux feu d'artifice, là-haut, n'est-ce pas ?...

— Et le plus grave, dit Kreitz, c'est que la coulée descend directement vers le lac. Sans doute l'atteindra-t-elle d'ici quelques jours. En tout cas, elle menace directement les installations de la Compagnie.

— Si ce n'était que cela, fit Packart. Vous ne savez pas ce qui nous pend au nez en réalité, mon vieux...

— Que voulez-vous dire ? demanda Kreitz.

— Vous allez le savoir... Rendez-vous chez moi dans une demi-heure. Dites à Bernier et à Xaroff de venir également... À propos, il y a un télégramme pour vous, Bob, de France.

Il tendit le télégramme en question à Morane. Celui-ci l'ouvrit et lut :

« Ai reçu rapport Stop. Bien travaillé. Stop. Du vrai

boulot à la Morane. Stop. Suis fier vous avoir choisi. Stop. Lamertin. »

Avec colère, Bob froissa le télégramme. « Morane le redresseur de torts, hein ? Morane le dur de dur ! Morane la terreur des méchants ! Ouais... »

Il ricana et leva ses regards vers le Kalima. « Je suis venu à bout de pas mal de choses maugréa-t-il, mais si je réussis à venir à bout de ce gros père-là, c'est que vraiment j'ai eu une bonne fée pour marraine... »

8

Cet après-midi-là – c'était le surlendemain de l'expédition au cratère du Kalima – Morane fut étonné d'être appelé d'urgence aux bureaux de la direction de la Compagnie à Bomba. Il se précipita chez Packart et lui montra la convocation, que venait de lui apporter un planton indigène.

— Que peut-on bien me vouloir, à votre avis ? demanda-t-il au savant quand celui-ci eut lu.

Packart haussa les épaules.

— Je n'en sais pas plus que vous, mon vieux. Peut-être sont-ils inquiets pour les installations de l'usine en voyant cette coulée de lave descendre dans la direction du lac...

— Ils ne doivent pas ignorer que nous sommes en train de creuser des fossés et d'élever des murs tout autour des chantiers. Peut-être nous prennent-ils pour des manchots... Enfin, le mieux est d'aller y voir. Me permettez-vous d'emprunter la Jeep ?

— Allez-y, Bob, et si ces ramollis vous cherchent querelle, dites-leur leurs quatre vérités, comme vous l'avez fait l'autre jour...

— N'ayez pas peur, répondit Morane. Un mot de travers, une seule tentative pour nous mettre un bâton dans les roues, et je joue le grand jeu de la sainte fureur, en ayant soin, bien sûr, de glisser le nom de Lamertin dans la conversation...

Cinq minutes plus tard, Morane roulait à tombeau ouvert sur la piste, ravinée par les dernières grandes pluies, menant à Bomba. Il avait glissé son revolver dans la ceinture de son pantalon, prêt à s'en servir à la moindre alerte. Mais il n'eut pas à en faire usage, et il parvint à Bomba sans encombre.

Il se rendit sans retard aux bureaux de la Compagnie, où il fut reçu par le directeur.

— J'ai reçu votre convocation, dit Morane, et malgré la situation présente, qui nécessite une surveillance de tous les instants, je suis venu aussitôt.

Le directeur le regarda longuement à travers ses lunettes aux verres cerclés d'or, puis il dit :

— C'est justement de cette situation que je voudrais vous entretenir. Certains bruits me sont parvenus... Mais asseyez-vous, je vous en prie...

Bob obéit et, sans attendre, enchaîna :

— Quels sont ces bruits dont vous parliez ?...

Une expression de gêne apparut sur les traits, jaunis par l'hépatisme, du directeur.

— Tout cela appartient peut-être à la plus pure des fantaisies, dit-il, mais il me faut cependant obtenir des précisions. Le bruit commence à se répandre dans la région que, au cas où la grande coulée de lave se précipiterait dans les eaux du lac, tout le gaz contenu dans ses profondeurs s'échapperait, mettant en danger la vie de tous les habitants de Bomba et des environs. À votre avis, cette rumeur possède-t-elle quelque fondement ?

*
* *

Le téléphone posé sur la table de Jan Packart sonna de façon impérative. Le savant décrocha le combiné et interrogea :
— Qu'est-ce que c'est ?
— La Résidence désire parler au professeur Packart ou à monsieur Robert Morane, fit la voix neutre du standardiste.
« La Résidence, songea Packart. C'est bien la première fois qu'elle me sonne directement !... »
— Ici, Packart, fit-il. Monsieur Morane est absent...
— Ne quittez pas...
Il y eut un bruit de friture, puis une voix d'homme, une voix assurée, demanda :
— Professeur Packart ?
— C'est moi, fit le savant...
— Ici Bernard Holleman...
— Je vous écoute, monsieur l'Administrateur.
À l'autre bout du fil, la voix de Holleman, la voix de cet homme qui avait l'habitude de commander, se fit hésitante.
— Je fais peut-être un pas de clerc en vous téléphonant, Professeur, surtout qu'il doit sans doute

s'agir là d'un faux bruit lancé par quelque mauvais plaisant... Est-ce vrai que si la coulée de lave atteignait le fond du lac, des gaz mortels pourraient se dégager en quantité suffisante pour tuer tout être vivant dans la contrée ? Depuis ce matin, mes services sont assaillis de questions à ce sujet. Que faut-il répondre ? Confirmer, ou nier ?...

*
* *

Les mâchoires serrées, Morane conduisait la Jeep d'une main dure, comme on mène un cheval rétif. Chaque cahot menaçait de précipiter le véhicule dans le fossé, mais Bob ne s'en souciait guère. Une colère froide l'habitait, et il n'avait qu'une hâte : rejoindre Packart et lui rendre compte de son entrevue avec le président.

Rapidement, la nuit tombait, par nappes successives. Là-bas, sur le fond sombre de la montagne, la coulée de lave se détachait maintenant en rouge sombre. Elle s'était séparée en trois embranchements d'égale longueur, formant ainsi une sorte de gigantesque griffe de feu menaçant de son étreinte toute la rive est du lac M'Bangi. De la route, Bob pouvait suivre la progression lente des laves, marquée par de brusques et sporadiques embrasements.

Les chantiers étaient en vue. À l'entrée de ceux-ci, une sentinelle indigène, arme au poing, fit signe à Bob de ralentir. Ce dernier obéit, mais il fut aussitôt reconnu et la lourde barrière s'ouvrit devant la Jeep. Celle-ci fonça, traversa l'aire, balayée par les projecteurs, de la grande cour centrale, amorça un virage sur deux roues et s'arrêta net, dans un grand grincement de freins, devant la porte de la baraque en planches habitée par Packart.

Morane sauta à terre et entra sans prendre même le temps de frapper.

Packart était assis à sa table et travaillait. Il tourna vers Bob un visage grave.

— Ça va mal, mon vieux, fit-il sans préambule.

— Et comment ! dit Morane à son tour. Savez-vous pourquoi le président m'a convoqué ? Pour m'interroger sur les dangers d'un dégagement massif de gaz au cas où la lave atteindrait le fond du lac...

— Cela ne m'étonne guère. L'Administrateur du territoire m'a téléphoné voilà une heure, et il m'a posé les mêmes questions...

— Et que lui avez-vous réponde ?

— Sans doute ce que vous avez répondu de votre côté au président : qu'il s'agissait de rumeurs absurdes, sans fondement réel, et qu'il n'y avait absolument rien à craindre.

Morane ricana.

— Bref, nous avons menti tous les deux.

— C'est ça. Nous avons menti. Un pieux mensonge, comme on dit...

L'énorme poing de Packart ébranla la table.

— Pourtant, ça ne servira à rien. À rien !... La rumeur va s'étendre à la vitesse d'un feu de brousse, et avant longtemps ce sera la panique. Et cela au moment où l'usine est presque montée...

— Il s'agit bien de l'usine, fit Bob. Dans quelques jours, si le volcan ne se calme pas, ce ne sera plus seulement la Compagnie qu'il faudra nous attacher à sauver, mais la ville de Bomba. Des milliers de vies humaines...

— Le volcan, s'arrêter ? cria Packart. Écoutez-le... Jamais il n'a rugi avec autant d'entrain...

Au loin, de sourds grondements, coupés parfois par de brèves explosions, se faisaient entendre. Pendant un moment, les deux hommes se turent. Morane marchait en rond autour de la pièce, comme un tigre pris au piège. Finalement, il se tourna vers Packart.

— Alors, quelqu'un a parlé, hein ?

— Oui, fit le savant avec une sorte de honte dans le regard, quelqu'un a parlé...

— Nous ne devrons pas chercher très loin, remarqua Morane. Seuls, Lamers, Kreitz, Bernier, Xaroff, vous et moi étions au courant...

— Oui, mais lequel de nous six est le coupable ? Voilà ce qu'il faudrait établir...

Morane haussa les épaules en signe d'impuissance.

— Je ne puis quand même pas, pour savoir, soumettre chacun de vous à la question. Il vous faudrait ensuite me torturer à mon tour.

— Vous êtes le seul à être hors du coup, dit Packart, et vous ne l'ignorez pas. Toute cette affaire a commencé bien avant votre venue, à une époque où vous ne connaissiez même pas l'existence de la

C.M.C.A.

Morane ne releva pas la remarque du savant car, bien entendu, il savait ne pas être coupable, et il ne croyait guère non plus à la culpabilité de Packart. Restait donc Lamers, Kreitz, Bernier et Xaroff. Un de ces quatre hommes devait forcément avoir partie liée avec les adversaires de la Compagnie.

— Il est inutile de nous casser la tête, disait Packart. Le mal est fait, et nous ne pouvons revenir en arrière. À présent que nous connaissons la réalité du danger, il nous faut tout mettre en œuvre pour y parer, donc pour empêcher la lave d'atteindre le lac. Dans quelques jours, si l'éruption n'a pas pris fin, nous étudierons le trajet probable des coulées jusqu'au lac, et nous élèverons alors toute une série de barrages, fossés et murs sur leur chemin. Il faudrait interroger Kreitz à ce sujet. Il est volcanologue et a peut-être une autre solution à nous proposer...

— Je vais le voir immédiatement, déclara Bob. Je vais essayer de le tâter, pour voir s'il est de notre côté ou non. Ensuite, je l'amènerai ici et nous tiendrons conseil sur les mesures à prendre.

Morane sortit et, traversant les chantiers, alla frapper à la porte de la maisonnette où Kreitz dormait et travaillait. Personne ne lui répondit. Pourtant, sous la porte, il pouvait discerner un mince rai de lumière. Bob poussa le battant et entra. La pièce était vide mais, sur la table, une lampe orientale brûlait. Parmi des papiers épars, un livre couvert de toile. Bob se pencha et en lut le titre.

C'était un ouvrage anglais, fort rare, sur la volcanologie. Par curiosité, Morane l'ouvrit. Des coupures de journaux s'en échappèrent, sur l'une d'elles, tombées à plat sur la table, la photo d'un aviateur en tenue de vol s'étalait en gros plan. Tout de suite, Morane reconnut ces yeux pâles et ces traits durs de Germain. C'était Kreitz. La légende disait d'ailleurs, en allemand : « Le Hauptmann Albert Kreitz, l'as de nos chasseurs sur le front de l'Est, vient d'être cité à l'Ordre de la Nation à l'occasion de ses vingt et unième et vingt-deuxième victoires aériennes homologuées. Attaqué par trois appareils ennemis du type Yak, il réussit à en abattre deux et à mettre le troisième en fuite. »

Morane sentit une subite chaleur lui embraser les joues. « Kreitz, murmura-t-il. C'était Kreitz... »

À ce moment, il entendit une voix connue dire, derrière lui :

— Hello, mon vieux ! Que puis-je pour vous ?

Un frisson passa dans le dos de Morane. Il se retourna lentement, s'attendant à recevoir une balle au creux des reins. Mais rien ne se produisit. Kreitz était devant lui les mains vides, sans braquer aucune arme dans sa direction. Tout de suite, à l'expression de Morane, le volcanologue comprit que quelque chose n'allait pas.

— Que se passe-t-il ? Vous en tirez une tête...

Bob ne répondit pas immédiatement.

— Tout va mal, dit-il finalement. Le bruit court en ville que le gaz contenu au fond du lac pourrait s'échapper en masse si la lave l'atteignait.

Une grimace plissa les lèvres fines du volcanologue, mais ses yeux pâles demeurèrent inexpressifs.

— L'un de nous a parlé, hein ?

— Oui, quelqu'un... Lamers, Bernier, Xaroff, Packart, vous ou moi... Michaël Lawrens est hors du coup. Comme il est ici simplement pour faire des routes et abattre des montagnes, nous n'avons pas jugé utile de le mettre au courant.

— Le traître est donc l'un de nous six, n'est-ce pas ?

— C'est ce que Packart et moi avons pensé, dit Morane. Cependant, comme le mal était fait, nous avons songé, avant tout, à prendre des mesures pour arrêter l'avance de la lave quand celle-ci parviendrait à proximité du lac. Nous aurions voulu avoir votre avis à ce sujet. Je suis venu ici. Vous étiez absent et, comme ce livre, posé sur votre bureau, m'intéressait, je l'ai ouvert. À l'intérieur, il y avait ceci...

D'un mouvement du menton, Morane désignait les coupures de presse demeurées sur la table. Kreitz s'approcha, y jeta un rapide coup d'œil et sourit.

— Le Flying Commander Robert Morane, de la Royal Air Force rencontrant, au pied d'un volcan africain en éruption, le Hauptmann Kreitz, de la Luftwaffe, en voilà une coïncidence, n'est-ce pas ? fit-il doucement. Cependant, ne regrettons rien. Nous aurions pu nous rencontrer jadis, dans des circonstances toutes différentes, et alors l'un de nous deux ne serait peut-être plus en vie en ce moment. Hier, nous aurions été ennemis. Aujourd'hui que la guerre est finie, nous pouvons être amis…

Les traits de Morane n'avaient pas changé d'expression. Ses regards demeuraient durs et inquisiteurs. Et, soudain, Kreitz comprit la pensée qui était venue à son interlocuteur. Il pâlit légèrement et serra les dents.

— Je sais ce que vous croyez maintenant, dit-il d'une voix sourde. Quand vous êtes venu ici, un avion muni de mitrailleuses vous a attaqué au-dessus de la chaîne volcanique, et maintenant vous découvrez que je suis un pilote de chasse. Alors, vous me soupçonnez de vous avoir attaqué et, tout naturellement, d'entretenir des rapports confidentiels avec les ennemis de la Compagnie. C'est bien cela, n'est ce pas ?

Bob eut un signe affirmatif.

— À peu près, fit-il.

Le visage du volcanologue, fermé jusqu'ici, s'éclaira soudain.

— Écoutez, commandant Morane, je n'ai pas l'intention de mettre votre sagacité en doute, mais je voudrais attirer votre attention sur le fait que, lors de l'attaque aérienne de l'autre jour, vous avez réussi à manœuvrer votre assaillant en employant certains trucs qui, pour nous, pilotes de chasse, sont l'enfance même de l'art. Croyez-vous que, si j'avais été cet assaillant, étant armé et vous ne l'étant pas, vous vous en seriez tiré aussi aisément ?

Cette remarque frappa Morane en plein, comme un coup de poing. Aussitôt, toute sa méfiance s'enfuit. En même temps, il se sentit heureux de ne plus avoir à soupçonner Kreitz d'une façon plus précise que les autres membres de l'équipe scientifique et se détendit.

— Vous avez raison, fit-il. Si vous aviez piloté l'avion assaillant, vous m'auriez sans doute descendu en flammes.

Une joie contenue envahit les traits tendus de l'Allemand.

— Je suis heureux de cette constatation, dit-il. Croyez-moi, commandant Morane, la guerre est finie et je ne tiens plus qu'à vivre en paix en faisant mon métier de volcanologue. La science nous permet de livrer chaque jour la plus grisante des batailles…

Il y avait un tel accent de sincérité dans les paroles de Kreitz que Morane se sentit conquis. Il tendit la main à cet homme qui, jadis, en plein ciel de combat, aurait peut-être pu devenir son ennemi.

— Veuillez pardonner mes doutes à votre égard, dit-il. Je suis heureux que vous ne soyez pas le traître que nous cherchons…

Le volcanologue serra la main qui lui était tendue.

— Oublions cela, fit-il, et allons rejoindre Packart. Il doit nous attendre…

Ce fut cette nuit-là que la violence de l'éruption redoubla et que la pluie de cendres commença à tomber sur la région, recouvrant tout de son grésil noirâtre.

9

La panique avait gagné Bomba. Elle avait commencé dans les campagnes, lorsque les laves incendiant les cultures avaient atteint la limite des terres cultivées. De nombreux indigènes et trois planteurs européens, surpris par l'incendie, avaient péri carbonisés. D'autres, fuyant devant l'avance d'une des coulées, s'étaient noyés au passage d'une petite rivière dont les eaux étaient soudain devenues bouillantes.

Peu à peu, des réfugiés affluaient vers la ville, y semant la terreur. La cendre, expulsée par le Kalima à raison de plusieurs milliers de mètres cubes à la seconde, formait à présent un épais nuage noir qui, lentement, descendait sur la contrée, tel un voile de mort, cachant le soleil, et créant un perpétuel crépuscule.

La terreur grandissait, encore accentuée par le fait que huit lions, chassés par les incendies de brousse, étaient apparus dans la ville elle-même. Deux d'entre eux avaient été abattus, mais les autres, à la fois affamés et effrayés, continuaient à rôder. Un peu partout, on signalait ainsi l'apparition de groupes d'animaux ; hardes de gorilles chassés des forêts de bambous, troupeaux d'éléphants dévastant les cultures en bordure du lac. Aux dires des témoins, beaucoup portaient des traces de brûlures sur leur peau épaisse.

Le flot humain grossissait sans cesse, en un double flux, à la fois montant et descendant. Il y avait ceux, pour la plupart des Noirs et des colons, qui fuyaient devant les laves, et les citadins voulant échapper aux gaz mortels qui pouvaient se dégager si le magma en fusion atteignait le fond du lac. Peu à peu, Bomba se vidait, tandis qu'à l'ouest, sur les hauteurs, des feux de camps s'allumaient de plus en plus nombreux. Le bruit courait en effet que, si l'hydrogène sulfuré se dégageait, il demeurerait à stagner dans les parties basses du pays.

Cependant, des milliers de personnes, pour la plupart des Noirs, soit par inertie, soit par ignorance ou incompréhension, demeuraient en ville, mettant ainsi leurs propres vies en danger. Dépassée par les événements, l'Administration coloniale ne parvenait pas à maintenir l'ordre, et l'anarchie commençait à se rendre maîtresse de cette cité blanche et noire dominée par la peur.

À travers toute la contrée, les nouvelles les plus contradictoires circulaient. Selon certains, habitant à l'autre extrémité du lac, les laves avaient déjà atteint la route longeant la rive et Bomba était menacée d'asphyxie dans les très prochaines heures. Pour d'autres, le danger n'existait pas et toute cette histoire de gaz mortels était seulement une manœuvre amorcée par certains colons désireux de mettre la main sur les concessions de leurs voisins en fuite.

Et pendant ce temps, la gigantesque griffe de feu descendait lentement de la montagne, comme si elle avait voulu balafrer le miroir tranquille du lac M'Bangi.

*
* *

Chaque jour, laissant Packart, Bernier, Xaroff et Lawrens – Lamers avait été évacué en avion sur Entebbe et Nairobi – à la garde de l'usine à présent quasi achevée, Morane et Kreitz partaient en hélicoptère étudier la progression des laves.

Ce matin-là, ils s'étaient envolés avant l'aube car, dans l'obscurité, la trace des coulées se détachait mieux et leur avance pouvait être plus aisément perçue qu'en plein jour. Du cratère, d'où jaillissait une prodigieuse gerbe de bombes incandescentes, la lave continuait à s'épancher en un flot continu, formant un fleuve éclatant large de quinze cents mètres et qui, plus bas, se séparait en trois affluents d'égale importance. La lave, tout d'abord d'un jaune brillant, tournait au rouge de plus en plus foncé au fur et à mesure qu'elle s'éloignait du point d'émission. Plus loin à travers les craquelures de la croûte superficielle maintenant éteinte, on n'apercevait plus que des raies et des taches pourpres de matière en ignition.

Lentement, poussées sans relâche par le débordement continu du cratère, les trois coulées progressaient en direction de la route bordant le lac, qu'elles ne tarderaient sans doute plus à atteindre.

— Dans cinq jours, six au plus, fit remarquer Kreitz, les coulées couperont la route. Vingt-quatre heures plus tard elles seront au bord du lac...

— Ne serait-il pas possible qu'elles s'arrêtent avant ? interrogea Bob.

Le volcanologue regarda en direction du Kalima et fit la moue.

— Il faudrait que là-bas, en haut, la source se tarisse. Et rien ne laisse encore prévoir la fin de l'éruption. Peut-être même n'est-elle pas encore parvenue à son paroxysme...

— Bref, la situation n'est guère brillante, conclut Bob.

— Rien n'est désespéré. Dans quelques minutes, il fera clair, et nous pourrons alors nous rendre compte de l'endroit exact atteint par les coulées. Si plus rien ne risque de les faire dévier, nous tenterons de dresser une série de barrages sur leur chemin. Je ne dis pas que nous réussirons à arrêter définitivement leur avance, mais nous pourrons tout au moins la retarder. Pendant ce temps, l'éruption aura peut-être pris fin...

En lui-même, Morane ne pouvait s'empêcher de songer aux imprévus de l'aventure. En quittant Paris afin de découvrir l'identité des ennemis de la

C.M.C.A., il ne se doutait certes pas qu'il aurait à combattre un volcan…

Le jour se levait, nappe bleue tout d'abord sur l'horizon, puis flamboiement envahissant peu à peu le ciel. Au cours de la nuit, la pluie de cendres s'était momentanément interrompue, et Morane et Kreitz pouvaient jouir à leur aise de cette aube tropicale. Sous eux, les ombres cédaient rapidement le pas à la lumière, et les veines brillantes des coulées pâlissaient devant l'éclat du soleil.

Sur un ordre de Kreitz, l'hélicoptère vira et survola tour à tour le front en mouvement de chacun des trois fleuves de lave. Ceux-ci s'étaient engagés dans des vallées encaissées et étroites, serpentant entre une série de collines basses couvertes de végétations roussâtres. Au-delà, c'était une courte plaine descendant mollement vers les rives du lac.

Le volcanologue tendit le bras vers le sol.

— Nous allons, aujourd'hui même, tenter d'arrêter les coulées en barrant ces vallées. Heureusement, le T.N.T. ne nous manque pas. Les barrages ne résisteront peut-être pas longtemps, mais c'est là notre seule chance de retarder l'instant fatal. En attendant, si le seigneur Kalima voulait bien s'arrêter de cracher son venin…

Morane tourna ses regards vers le volcan, et il sentit les nerfs de sa poitrine se contracter. Jamais encore il n'avait eu à combattre un tel adversaire, et il n'était pas sûr de pouvoir le vaincre.

10

Assis sur le seuil de sa baraque, Morane tournait et retournait entre ses doigts le télégramme de Jacques Lamertin. Reçu le matin même, il disait :

Connais les dangers que vous courez. Stop. Si impossible de lutter contre les laves, abandonnez tout et fuyez la région. Stop. Vous en conjure, ne risquez pas inutilement votre vie. Stop. Lamertin.

Bob releva la tête et laissa errer ses regards autour de lui. Sous son large toit de tôle ondulée, l'appareillage compliqué, prétentieusement doté du nom d'« usine » et destiné à pomper les eaux du lac et à séparer le méthane de l'hydrogène sulfuré, dormait tel un monstre pétrifié. Un monstre que Morane et ses amis avaient mis trois semaines à procréer, dans une angoisse perpétuelle, une attention de tous les instants. « Et maintenant il faudrait tout abandonner, songea Bob, simplement parce que le Kalima a décidé de faire des siennes ? »

Une déflagration puissante ébranla soudain l'atmosphère, faisant vibrer les vitres de l'unique fenêtre de la baraque. Cela signifiait que, là-bas, Packart venait de barrer une des vallées encaissées par lesquelles la lave s'écoulait vers le lac.

« Voilà notre réponse, murmura Morane en froissant le télégramme. Tant qu'il y aura du T.N.T. il y aura de l'espoir... »

Quelques heures plus tôt, une première détonation lui avait annoncé le début de l'offensive contre le volcan. Bientôt de nouvelles charges d'explosifs contribueraient, en obstruant la troisième vallée, à arrêter complètement la marche des laves. Pour combien de temps ? Bob se le demandait avec angoisse. Il se demanda aussi pourquoi il restait là. Rien ne l'y retenait. Il avait promis à Lamertin de lutter contre les mystérieux ennemis de la C.M.C.A., mais non contre les éléments. Il pouvait partir à tout moment s'il le désirait. Lamertin lui-même l'y engageait. Pourtant il demeurait. « Je sais pourquoi je reste, songea-t-il. Je sais pourquoi Packart et les autres restent. C'est parce qu'une aventure ne mérite d'être vécue qu'à condition de la mener jusqu'au bout, quels que soient les risques. Dans le cas contraire, elle devient une chose banale et sans saveur... »

En songeant à Packart et à ses compagnons, Morane sentit soudain une amertume l'envahir. L'un d'eux, il le savait, jouait contre lui et contre la Compagnie. Depuis ce jour où il avait découvert les coupures de presse parlant des exploits de Kreitz durant la guerre, Bob ne croyait plus guère à la culpabilité de l'Allemand, et jamais il n'avait cru à celle de Packart. Restait donc Lamers, Xaroff et Bernier ! Depuis quelques jours cependant, l'activité de l'adversaire semblait s'être considérablement ralentie, pour ne pas dire arrêtée tout à fait. Morane serra les poings. « Pourquoi ces bandits se fatigueraient-ils encore à nous combattre ? songea-t-il. Puisque le Kalima s'en charge à leur place. À côté de cette éruption, la bombe qui fit couler le « Mercédès » paraît n'être qu'un vulgaire pétard ! » Alors, tout s'éclaira soudain pour lui, et le nom du responsable de l'attentat vint tout naturellement sur ses lèvres. Son poing droit claqua violemment dans la paume de sa main gauche ouverte, tandis qu'une expression de colère vindicative se lisait sur ses traits durcis. « Comment n'y ai-je pas songé plus tôt ! Comment n'y ai-je pas pensé plus tôt ! » Il se dressa d'un bond et marcha vers une cabane située non loin de la sienne. À vrai dire, il n'aimait guère la besogne d'espion à laquelle il allait se livrer, mais c'était là le seul moyen d'obtenir une preuve quelconque ou, tout au moins, des certitudes.

La porte de la cabane était fermée à clé, mais Morane savait où trouver un passe-partout, et il n'eut guère de mal à venir à bout de la serrure. Une fois dans la place, il se mit à chercher avec méthode, en ayant soin de remettre strictement à sa place chaque objet déplacé. Tout d'abord, il ne trouva rien. Puis, dans un carnet, il découvrit, inscrite en caractères d'imprimerie, l'adresse parisienne d'une puissante compagnie minière qui, depuis quelque temps, faisait beaucoup parler d'elle : Uranium Europe-Afrique. Sans savoir pourquoi, Morane trouva à ces trois mots, prononcés à haute voix, une consonance insolite. Il continua ses recherches et, dans un des tiroirs du bureau, finit par dénicher un tube à échantillon qui, à première vue, lui parut contenir du minerai d'uranium. Le tube à échantillon portait la marque, gravée sur le bouchon, de la C.M.C.A., et il était probable, sinon certain, que le minerai avait été récolté dans la région.

Mais Morane n'eut guère le temps de pousser plus loin ses investigations. Au dehors, un vrombissement déchira tout à coup le silence et, descendant du ciel tel un gigantesque épervier fondant sur sa proie un hélicoptère s'encadra dans le rectangle de la fenêtre.

Rapidement, Bob remit carnet et tube là où il les avait découverts, puis il sortit et referma soigneusement la porte derrière lui. Il ne tenait pas à être surpris en train d'effectuer sa besogne d'espion. Non par peur, mais afin de ne pas donner l'éveil au coupable qui, peut-être, pour une raison quelconque, avait quitté Packart et s'en revenait à bord de l'hélicoptère.

Contournant la maisonnette, Morane regagna la sienne et déboucha dans la cour des chantiers, où l'hélicoptère s'était posé. Le pilote en descendit et courut vers lui.

— Que se passe-t-il ? demanda Bob. Vous deviez demeurer là-bas, pour surveiller l'avance des laves pendant que Packart et son équipe minaient les parois des vallées.

— Je sais, monsieur Morane, mais c'est le professeur Packart lui-même qui m'envoie, pour vous dire...

L'homme semblait à bout de souffle. Il aspira une grande bouffée d'air.

— Pour me dire quoi ? interrogea Morane avec impatience :

— Pour vous dire qu'il est impossible d'obstruer la troisième vallée. Celle-ci est propriété privée, et son propriétaire nous en interdit l'accès. Des hommes armés la gardent...

Bob fronça les sourcils. Cette nouvelle lui paraissait invraisemblable.

— Propriété privée, dit-il, cette vallée désertique où poussent seulement quelques cactus ? Cela m'étonnerait...

— Il n'y a pourtant pas à douter. Le chef des gardes a produit un acte de propriété en bonne et due forme.

« Un acte de propriété en bonne et due forme, murmura Morane. Des gardes armés pour interdire l'accès d'une vallée dont la seule richesse se limite à quelques épineux et à des légions de reptiles. Cela sent drôlement le coup monté... »

Au bout d'un moment, il releva la tête.

— Mettez votre moteur en marche, dit-il au pilote. Je vous accompagne.

Il disparut dans sa baraque et en ressortit quelques instants plus tard. Sous le bras, il portait un paquet volumineux et lourd, enveloppé dans une toile de bâche. D'un grand geste Bob réunit alors autour de lui une dizaine de gardes demeurés fidèles – les autres avaient fui devant le séisme – et il leur désigna les appareils d'extraction du méthane endormis sous leur couverture de tôle ondulée.

— Disposez vous tout autour, ordonna-t-il, et, à la moindre alerte n'hésitez pas à ouvrir le feu sur quiconque tentera de s'en approcher…

L'hélicoptère était prêt à prendre l'air. Morane y déposa son fardeau et, d'un bond se hissa à bord.

*
* *

Il fallut dix minutes à peine au Sikorsky pour gagner la région de collines – anciens cônes volcaniques arrondis – à travers laquelle s'ouvraient les trois vallées servant de cheminement aux laves. Ces vallées, creusées en plein roc par des torrents descendus des plus hautes montagnes, avaient l'aspect encaissé de ces rues de New York où jamais le soleil ne parvient. Deux de ces défilés étaient déjà obstrués par des amoncellements chaotiques de rochers derrière lesquels plus loin, on discernait le cheminement lent des laves, énormes serpents grisâtres mouchetés de feu.

La vallée au fond de laquelle s'avançait la troisième coulée demeurait encore ouverte. À son débouché, on discernait deux groupes d'hommes se faisant face. L'un de ces groupes occupait l'entrée même du défilé.

L'hélicoptère se posa un peu en arrière du second groupe stationné dans la plaine. Packart vint aussitôt à la rencontre de Bob et désigna les hommes, au nombre d'une dizaine, gardant l'entrée de la vallée.

— Ils ne veulent rien entendre et, si nous voulons miner les falaises, il nous faudra leur passer sur le ventre...

Pendant un moment, Morane demeura perplexe.

— Qu'est-ce que c'est que cette histoire de propriété privée ? demanda-t-il finalement.

Le géant eut un geste de lassitude et, selon son habitude, se frotta les mains l'une sur l'autre, dos contre paume.

— Le type qui commande les gardiens de la vallée – ce grand roux, là-bas – m'a montré un titre de propriété, tout simplement. Il me paraît en règle. Ils ont d'ailleurs déjà posé des barbelés à l'entrée du défilé...

— Au nom de qui est-il libellé, ce titre de propriété ?

— Au nom de Elie Korta, un Rhodien, plus trafiquant que marchand, qui habite la ville. Un de ces types qui, s'il était horloger, vous rendrait une tocante d'uniprix quand vous lui avez confié la montre en or de votre grand-père à réparer.

— Je vois cela, fit Morane. Tout à fait l'individu à qui l'on peut faire confiance... Un homme de paille sans doute...

— Il y a beaucoup de chances. Mais cela ne me dit pas qui il couvre.

— Tout simplement ceux-là même qui veulent la

perte de la Compagnie. Depuis l'affaire du « Mercédès », ils ne s'étaient plus manifestés. Aujourd'hui, ils reprennent du poil de la bête. La coulée de lave leur offre d'ailleurs une arme de tout premier ordre. Si cette coulée passe et atteint le lac, la ville de Bomba est nettoyée et, avec elle, la C.M.C.A. Plus tard, quand les gaz se seront dissipés, la société adverse n'aura plus qu'à venir s'installer dans la région...

— Ah, parce qu'il s'agit d'une société adverse ?...

— Quelque chose comme cela, fit Bob. Mais je n'ai encore aucune certitude, et je préfère attendre avant de tirer des conclusions définitives. Le plus pressé à l'heure présente est d'arrêter la troisième coulée de lave...

Par trois fois, le savant souleva ses puissantes épaules en signe de protestation.

— Rien à faire de ce côté, mon vieux Bob. Ces gars-là ont la loi pour eux. Pénétrer de force dans le défilé équivaudrait à se rendre coupable de violation de domicile...

Un éclat de rire forcé secoua Morane.

— Eh bien, disons que nous allons violer un domicile, éclata-t-il.

— Pourtant, la propriété privée...

— Il s'agit bien ici de propriété privée ! Au contraire, il s'agit du bien commun. Songez à la perte qu'éprouverait le gouvernement du Centre Afrique si la lave atteignait le lac ? Les dégâts se chiffreraient sans doute par milliards, car rien ne dit que le méthane ne s'enflammerait pas au contact de l'air. Et je ne parle pas des vies humaines. Si j'en parle, cela me décide tout à fait à me rendre maître de la vallée...

Cette fois, Packart ne résista plus.

— Vous avez raison, comme toujours, fit-il. Je n'avais pas envisagé la situation sous cet angle. Mon respect de la loi m'aveuglait...

— Oublions la loi pour le moment, et attachons-nous à conquérir cette vallée.

— Cela ne sera guère aisé, constata Packart avec une moue d'inquiétude. Les autres sont armés. Ils se défendront, et il y aura des morts...

— Il faut trouver le moyen de s'en tirer autrement, dit Morane. Avec un peu de chance, je réussirai peut-être à convaincre ceux d'en face de nous laisser le chemin libre...

Il s'en retourna vers l'hélicoptère et en tira le paquet enveloppé d'une toile de bâche. Ensuite, il se dirigea vers l'entrée de la vallée. Quand il en fut à une centaine de mètres seulement, il déposa son fardeau derrière un tas de pierres. Packart surveillait ses mouvements avec curiosité, se demandant sans doute ce qui allait résulter de ces allées et venues.

Posément, Morane s'était mis à dérouler la toile de bâche découvrant une mitrailleuse légère, dont il assembla avec soin les différents éléments.

— Je l'avais bien dit, remarqua Packart, ce sera la guerre. Allons, il va falloir nous changer, une fois de plus, en soldats...

Bob ne répondit pas. Il se contenta de glisser un chargeur dans l'arme et de pointer celle-ci en direction de l'entrée de la vallée. Dissimulé comme il l'était par le tas de pierres, ses manœuvres étaient, à coup sûr, passées inaperçues aux gardiens. Un peu à l'écart, Kreitz, Bernier, Lawrens, Xaroff et les artificiers de la C.M.C.A. épiaient ses mouvements avec curiosité.

Ses préparatifs guerriers terminés, Morane se redressa, et, les mains libres, se mit à marcher lentement en direction du défilé. Aussitôt, les gardes se dressèrent pour lui barrer le chemin. Mais Bob s'arrêta à une vingtaine de mètres d'eux et demanda :

— Qui est votre chef ?

L'un des hommes, un grand escogriffe aux cheveux couleur de flamme, avança d'un pas.

— Ici, c'est moi qui commande. Si cela vous dérange…

— Cela ne me dérange aucunement, répondit Morane d'une voix calme. Cela m'est même égal que vous restiez chef… à condition d'aller exercer votre pouvoir ailleurs.

L'homme avança d'un pas encore, et demanda d'une voix mauvaise :

— Ce qui veut dire ?

— Que vous allez filer. Nous avons besoin de pénétrer dans cette vallée, et nous y pénétrerons.

L'autre eut un rire gras et se tourna à demi vers ses compagnons.

— Voyez-vous ça, monsieur veut pénétrer dans cette vallée. Comme ça… Montrez-leur, les gars, ce qui arrivera s'il ose s'y risquer.

Toute la troupe recula de quelques pas à l'intérieur de la vallée, et dix carabines se braquèrent en direction de Bob. Celui-ci sourit.

— Vous pouvez la garder, votre vallée, dit-il. Puisque vous voulez y rester, vous y resterez...

Il tourna les talons et regagna le tas de pierres, derrière lequel il se coucha à plat ventre. Il saisit alors la poignée de la mitrailleuse, arma celle-ci d'un coup sec et visa soigneusement.

— Que voulez-vous faire ? demanda Packart.

Seul, le tacatac de la mitrailleuse lui répondit et la rafale, soigneusement dirigée, souleva de petits nuages de sable et de pierres pulvérisées aux pieds des gardes. Ceux-ci, d'un seul élan, reculèrent plus profondément encore entre les parois encaissées et se jetèrent à plat ventre.

— Vous tenez tant à cette vallée, hurla Morane. Eh bien, restez-y !...

La voix du rouquin retentit.

— Les munitions et les vivres ne nous manquent pas. Nous avons tout le temps. Et si vous croyez que votre moulin à café nous fait peur...

— Je n'ai pas l'intention de vous faire peur, cria encore Morane. Quant à avoir le temps, vous avez vraiment le temps... Le temps que mettra la lave pour vous atteindre. Vous vouliez garder ce défilé et maintenant vous y êtes pris comme dans une trappe. Si vous tentez de sortir, la mitrailleuse vous fauchera. Si vous y demeurez, la lave vous carbonisera.

Un des gardes se dressa et tenta une sortie, mais aucun accident de terrain, aucun rocher, aucun bosquet ne protégeait sa fuite. Une nouvelle fois, la mitrailleuse cracha, et les balles vinrent fouetter le sol à cinquante centimètres en avant de lui. L'homme recula et regagna l'endroit qu'il venait de quitter.

De la vallée, quelques coups de feu partirent mais, comme les compagnons de Morane s'étaient à leur tour jetés à plat ventre, ils ne firent guère de mal.

Un long silence succéda, puis la voix de l'homme à la chevelure rouge retentit encore.

— Nous attendrons la nuit et, alors, nous réussirons bien à vous échapper.

— Ce sera trop tard. Avant le crépuscule, la lave vous aura atteints. Ce sera vraiment là une vilaine mort.

À nouveau, il y eut un silence. Très long. Les gardes, là-bas, devaient se concerter.

— Et que ferez-vous s'ils décident de tenter une sortie les armes à la main ? demanda Packart.

— Je leur tire dessus, fit Bob. Je n'ai pas le choix. Je joue leurs vies de sacripants contre des milliers d'autres vies innocentes. Pour l'instant, il ne s'agit plus seulement de la Compagnie, je vous l'ai dit... Ces gens ont voulu se dresser sur notre chemin. À présent, ils sont pris au piège, et ils devront se rendre ou périr...

Des rangs ennemis, une rumeur monta, puis une voix hurla :

— Nous ne voulons pas mourir. Nous n'avons aucun intérêt dans toute cette histoire...

— Oui, si ceux qui nous ont payés veulent prendre notre place, qu'ils y viennent !

— Peut-être aiment-ils la chaleur. Nous pas !...

Morane se tourna vers Packart et sourit.

— Voilà comment se gagnent les batailles, fit-il.

Tout de suite après, il se mit à crier :

— Puisque vous désirez vous rendre, jetez vos armes et avancez, les mains croisées au-dessus de la tête...

Un fusil vola en l'air et atterrit sur la pierre avec un bruit mat. Un revolver le suivit, puis encore un fusil... Débarrassés de leurs armes, les gardes se dressèrent et, les bras levés se mirent à avancer lentement en direction de Morane et de ses compagnons. La mitrailleuse toujours pointée, Bob les surveillait. Mais ils ne firent aucune tentative de traîtrise et quelques secondes plus tard, ils étaient entourés et fouillés avec soin.

— Qu'allez-vous faire de nous ? demanda le chef.

Morane haussa les épaules.

— Que peut-on vous reprocher exactement ? On vous a payés pour garder une propriété privée, et vous avez obéi. Ce n'est pas un crime... Tout à l'heure, quand nous aurons terminé notre travail, nous vous rendrons la liberté, et vous pourrez aller vous faire pendre ailleurs...

— Il faudrait pourtant leur demander pour qui ils travaillaient, dit Packart.

Bob se tourna vers l'homme aux cheveux roux.

— Vous avez entendu ? fit-il. Pour le compte de qui travailliez-vous...

L'autre grimaça.

— Monsieur Korta nous a dit comme ça : « Ce

terrain m'appartient, et vous allez empêcher quiconque d'y entrer, surtout ces gens de la C.M.C.A. » Il nous a payés et il est parti...

— Et derrière Korta, demanda encore Morane, qui y avait-il ?

L'homme grimaça à nouveau et, par deux fois, cracha à ses pieds.

— Korta est comme le chien sans race. Il a beaucoup de maîtres. Il obéit à tous ceux qui peuvent le payer cher...

— Connaîtrais-tu, par hasard, quelques-uns de ces maîtres ?

— Je n'ai jamais essayé de les connaître et je n'y tiens pas davantage maintenant. Tous peuvent aller se faire pendre !

Selon toute apparence, l'homme ne mentait pas. Dans toute cette histoire, il n'était qu'un comparse sans importance. D'ailleurs, Morane et ses compagnons avaient autre chose à faire que perdre leur temps en de stériles interrogations.

Morane montra les falaises à pic dominant la vallée.

— Nous avons du travail qui nous attend, car les laves, elles, n'attendent pas...

Vraiment, il y avait du travail, mais les artificiers de la C.M.C.A. ne chômaient guère et connaissaient leur métier. Deux heures plus tard, une formidable déflagration ébranlait la montagne et les falaises déchiquetées par les charges de T.N.T., s'effondrèrent dans un chaos indescriptible de rocs enchevêtrés, fermant la vallée sur toute sa largeur.

Les hommes avaient gagné la première manche de la bataille entreprise contre le volcan, en élevant des barrières contre lesquelles la griffe de feu s'émousserait. Mais ces barrières réussiraient-elles à résister longtemps à l'assaut redoutable des laves dont le poids toujours augmenté par de nouveaux apports de matière, agirait comme un gigantesque bélier ? Si les barrages cédaient, rien ne pourrait plus empêcher les coulées d'atteindre le lac.

Finalement, malgré le succès remporté par les hommes, le Kalima gardait l'initiative du combat.

11

La nuit était noire, car d'épais nuages voilaient la lune. Sur cet écran de ténèbres profondes, le sommet du Kalima, toujours couronné de sa gerbe étincelante, se détachait en clair, prolongé par les veines jaunes tout d'abord, puis rouges, puis pourpres et enfin tavelées, des coulées de magma en fusion.

Tapi dans l'ombre, Morane attendait que l'homme sorte de sa baraque. Il voulait savoir si ses suppositions, faites le matin même, allaient se révéler exactes. Depuis le moment où la troisième vallée avait été obstruée, Packart n'avait cessé de l'interroger sur ses découvertes, mais Bob, hors de toute certitude s'était contenté de répondre évasivement à toutes les questions. À présent, il allait peut-être savoir, et l'impatience le gagnait peu à peu.

À l'intérieur de la maisonnette, la lumière s'éteignit. L'homme allait-il tout simplement se coucher et dormir ? Bob inspecta sa montre poignet au cadran lumineux. Il était à peine neuf heures du soir. Vivant depuis près d'un mois aux côtés de l'homme, Bob avait appris à connaître ses habitudes, et il savait que, jamais, même après une journée chargée comme l'avait été celle-ci, il ne se couchait d'aussi bonne heure. Donc, logiquement, si l'homme avait éteint, c'est qu'il allait sortir.

Morane ne se trompait guère. La porte s'ouvrit doucement et une silhouette pâle se glissa au-dehors. Bob vit la tache claire du visage se tourner dans tous les sens, comme si l'homme voulait s'assurer de n'être pas épié. Rassuré sans doute, il se mit en marche vers le parc aux véhicules. Morane, silencieux comme une ombre – il s'était chaussé, pour la circonstance, de chaussures légères à semelles de crêpe – s'attacha à ses pas, se sentant bien décidé à le suivre jusqu'au septième cercle de l'enfer s'il le fallait.

L'homme, ayant atteint le parc aux véhicules, grimpa dans une de ces camionnettes de modèle militaire nommées « pick-up » par les coloniaux. Le moteur vrombit, mais Morane s'était déjà agrippé à l'arrière de la voiture. Celle-ci démarra et traversa à petite allure toute l'étendue des chantiers. Devant le portail, elle s'arrêta, et Bob entendit l'homme parlementer avec le gardien.

« Si, au passage, il me voit collé ici derrière, songea Morane, il donnera aussitôt l'alarme, sans me reconnaître et ma petite enquête sera ratée ». Lentement, s'aidant seulement des bras, il entreprit de se hisser sur le toit du « pick-up ». Ses doigts avaient peu de prise sur le rebord lisse de la carrosserie, et il eut un mal de chien à opérer son rétablissement. Finalement, il y parvint, se laissa basculer en avant et se mit à ramper jusqu'à ce qu'il fût complètement étendu au sommet de la voiture. Celle-ci bondit soudain, franchit le portail et, s'engageant sur la piste, fila en direction de Bomba.

Jamais trajet ne parut plus pénible à Morane. Allongé à plat ventre sur le toit de cette voiture secouée par les cahots, il courait à chaque instant le risque de se voir précipiter sur le sol. Les bras en croix, les mains nouées aux rebords du toit, il tentait de penser à autre chose. La joue collée à la carrosserie, il fouillait les ténèbres de ses regards, en direction des vallées. Les barrages résisteraient-ils ? Il se le demandait à nouveau avec angoisse. Au sommet des falaises, des gardiens veillaient. Munis de postes émetteurs d'ondes courtes, du type walkie-talkie, ils pouvaient appeler Packart à chaque instant et lui communiquer les progrès réalisés par la montée des laves.

Le « pick-up » atteignit la banlieue de Bomba. La route devint meilleure et le calvaire de Morane cessa. S'il fallait se baser sur l'itinéraire suivi, le conducteur voulait gagner un quartier des bords du lac où quelques années auparavant, de riches coloniaux fervents de yachting avaient fait bâtir d'imposantes villas.

Ce fut devant une de ces villas que la voiture se rangea. L'homme sauta à terre, gagna la porte et, après avoir parlementé pendant quelques instants avec un invisible cerbère, disparut à l'intérieur de la maison.

« L'affaire me semble prendre tournure, songea Bob. Notre ami fait une petite promenade nocturne et en profite pour venir visiter un gros bonnet de la région. Un gros bonnet qui, malgré le danger n'a pas quitté les bords du lac. Pourquoi ? Parce que quelque chose le force à y demeurer, et ce quelque chose n'est à coup sûr pas de la simple curiosité… »

Sans bruit, Morane se laissa glisser sur le sol et entreprit de faire le tour de la villa. Sur sa face sud, du côté du lac, une fenêtre était ouverte, et un flot de lumière coulait sur les pelouses. Bob, se collant à la muraille, risqua un coup d'œil à l'intérieur de la pièce.

Deux hommes s'y tenaient et discutaient avec animation. L'un d'eux était André Bernier. L'autre, un individu mince, au visage bronzé et à la moustache fine, semblait inconnu à Morane. Pourtant, quand il parla, il le reconnut aussitôt.

— Mais, monsieur Bernier, disait-il, je n'ai jamais, jusqu'à ce jour, mis en doute votre honnêteté à mon égard…

Cette voix douce, délicatement nuancée dans ses moindres intonations, Bob l'avait entendue à Paris, dans son appartement du Quai Voltaire, lorsque, après sa première visite à Lamertin, il avait encaissé la plus fameuse raclée de son existence.

« L'homme à la voix de miel ! songea Morane. Je suis venu ici en partie dans l'espoir de le retrouver, et le voilà devant moi sans que je puisse lui taper sur l'épaule pour lui dire : « J'ai une petite dette envers vous l'ami, et je voudrais m'en acquitter. » Mais remettons nos règlements de comptes à plus tard et écoutons cette intéressante conversation. Elle va sans doute m'aider à comprendre bien des choses... »

De l'autre côté de la fenêtre, l'entretien s'animait.

— Il n'est pas question ici de mon honnêteté, mais de la vôtre, monsieur Sang, disait André Bernier.

« Sang ! Ce nom disait quelque chose à Bob. Oui, c'était cela... Bruno Sang, le chef du service comptable de la C.M.C.A. L'autre jour, il n'avait pas paru à la conférence. Il revenait d'Europe et le changement de climat l'avait rendu malade. Une maladie de circonstance sans aucun doute... »

— J'en ai assez d'être le complice de vos crimes, continuait Bernier. L'autre jour, vous m'aviez affirmé que la bombe que je devais placer à bord du « Mercédès » était juste assez puissante pour détruire la pompe. Au lieu de cela, elle a coulé le bateau et coûté la vie à deux hommes...

Un sourire narquois était apparu sur les lèvres fines de Bruno Sang.

— Si vous croyiez réellement que cette bombe n'était guère puissante, pourquoi vous êtes-vous jeté à l'eau avant qu'elle n'explose ?

— J'étais trop près et je craignais d'être blessé...

Le chimiste s'arrêta de parler puis, après un moment, il dit encore :

— D'ailleurs, qu'importe le passé !... Aujourd'hui, j'ai décidé de vous quitter. Ce matin, vous avez tenté d'empêcher le barrage d'une des trois vallées par lesquelles s'écoulent les laves. Vous saviez que, si ces laves parviennent jusqu'au lac, cela peut coûter la vie à des milliers d'êtres humains et faire de Bomba un nouveau Pompéi...

— Quand je me suis assigné un but, monsieur Bernier, je l'atteins par tous les moyens...

— Oui, en pillant, en volant, en tuant... Les gens qui vous emploient désapprouvent eux-mêmes vos méthodes, mais comme elles sont efficaces et qu'ils convoitent les gisements d'uranium du Centre Afrique, ils ferment les yeux et laissent faire... Pourtant, si vous êtes pris, ils vous désavoueront, vous le savez bien. Ils vous laisseront tomber...

L'homme à la voix de miel secoua la tête.

— Nous n'en sommes pas encore là, monsieur Bernier...

— L'hallali ne tardera pas à sonner, soyez-en sûr. Morane non plus n'est pas homme à abandonner. Il a réussi jusqu'à présent à vous tenir en échec et sans doute finira-t-il par vous démasquer. Alors, vous serez dans de bien vilains draps...

Le visage de Sang se durcit soudain.

— Tout cela est votre faute, dit-il. Vous m'entendez, de votre faute... Vous avez eu cent fois l'occasion de tuer ce Morane, et vous ne l'avez pas fait...

Une expression de profond mépris apparut sur le visage de Bernier.

— Tuer, tuer !... Vous n'avez que ce mot-là en bouche. Mais maintenant c'est fini. Je vous lâche. J'en ai assez d'être le complice d'un assassin...

L'expression de Bruno Sang devint soudain menaçante.

— Non, vous ne me lâcherez pas, monsieur Bernier, pas comme ça…

Le chimiste haussa les épaules et, tournant les talons, marcha vers la porte.

— Revenez, monsieur Bernier ! commanda l'homme à la voix de miel.

Avec une rapidité étonnante, il avait plongé la main dans la poche intérieure de sa veste et en avait tiré un petit pistolet automatique. D'un bond, Morane sauta dans la pièce, mais trop tard, Sang avait fait feu.

Bernier tenta de s'agripper à la poignée de la porte. Les forces lui manquèrent, et il tomba face contre terre.

Au bruit que Morane avait fait en retombant sur le plancher, l'homme à la voix de miel s'était retourné, braquant à nouveau son arme. Mais, déjà, Bob se jetait sur lui et lui enserrait le poignet de ses doigts de fer, tentant de lui faire lâcher l'automatique.

Malgré son apparence fragile, Bruno Sang possédait une redoutable vigueur nerveuse et se battait en outre avec l'énergie du désespoir. Tout en luttant, accrochés l'un à l'autre, les deux antagonistes étaient parvenus à proximité de la fenêtre, à laquelle Sang tournait à présent le dos. Lentement, la force et le poids de Morane commençaient à lui assurer l'avantage. Le poignet tordu et à demi-brisé, le forban lâcha son arme. Il voulut frapper Morane du genou, mais un puissant crochet du droit le cueillit à la pointe du menton et le fit basculer par-dessus la fenêtre.

À ce moment, la porte s'ouvrit avec fracas et un homme fit irruption dans la pièce. Il était énorme et montrait un visage de bois faisant penser à celui de quelque robot. Son front fuyant, couronné par une maigre touffe de cheveux couleur paille, était celui d'un microcéphale. Il portait une veste rayée de laquais aux épaules étriquées et dont les manches, trop courtes de dix centimètres, laissaient à nu des poignets énormes et de monstrueuses mains rouges, pareilles à de gros crabes. Bien que le monstre ne possédât pas une carrure de lutteur, on lui devinait une force redoutable. Non pas une force d'homme, mais une force d'automate inintelligent et brutal.

« Eh, eh, voilà le gorille privé de monsieur Bruno Sang ! » songea Morane. En même temps, il comprit n'avoir aucune chance dans un combat corps à corps avec le microcéphale. Comme ce dernier marchait dans sa direction, Bob se baissa, ramassa le pistolet de Sang et le braqua vers le nouveau venu. En même temps, pour ne pas courir le risque d'être assailli par derrière, il s'éloignait de la fenêtre.

— Restez où vous êtes, dit-il à l'adresse du microcéphale.

Mais celui-ci paraissait ne pas entendre et continuait à avancer. « Ou il va me saisir, et alors je ne donnerais pas cher de mes os, ou je vais devoir le tuer », songea Morane.

— Restez où vous êtes, dit-il encore.

Comme l'autre semblait ne pas avoir entendu, il fit

feu en signe d'avertissement. La balle, mal ajustée à dessein, alla fracasser un vase précieux posé sur un guéridon.

Le microcéphale s'était arrêté soudain. Une sorte de terreur abjecte se peignit sur ses traits tandis que, lentement, il élevait les mains au-dessus de la tête.

— Tournez-vous, fit Morane.

Lentement, l'homme obéit. Saisissant alors une massue nègre traînant sur une table basse, Morane s'approcha du colosse et le frappa derrière la nuque. Assommé, le microcéphale vacilla et s'abattit d'une pièce.

— Désolé, mon vieux, murmura Bob, mais je n'avais guère le choix.

Un foulard de soie traînait dans un fauteuil. Morane le déchira en deux bandes égales et lia solidement les mains et les pieds du colosse. Alors seulement, il songea à Bruno Sang. Pourtant, quand il se pencha par la fenêtre, il ne le découvrit nulle part. « Sans doute a-t-il trouvé la lutte trop inégale et aura-t-il préféré mettre une certaine distance entre nous, songea Morane. Tant pis ! Nos routes se croiseront bien tôt ou tard... »

Pour éviter toute surprise, il ferma la fenêtre et tira les rideaux. Ensuite, il s'accroupit près du corps d'André Bernier. Le chimiste était étendu sur le ventre, et une tache de sang marquait sa veste à hauteur de l'omoplate gauche.

Usant de mille précautions, Morane retourna l'infortuné sur le dos. La balle l'avait frappé dans la région du cœur, et il avait perdu connaissance.

Pourtant, il respirait encore. Seule, une intervention rapide pourrait peut-être encore le sauver. Morane atteignit le téléphone posé sur un guéridon et sonna la Centrale.

— Qui demandez-vous ?

— Passez-moi l'hôpital, fit Bob. Il y a urgence...

— Je regrette, monsieur, dit la voix anonyme, mais l'hôpital a été évacué, personnel et malades, sur les hauteurs à l'ouest du lac.

Bob se mordit les lèvres. Rapidement, il réfléchit. Gagner l'ouest du lac prendrait trop de temps, et Bernier serait peut-être mort avant de pouvoir recevoir les premiers soins. Mieux valait encore rejoindre les établissements de la C.M.C.A. Peut-être le médecin attaché à la Compagnie réussirait-il à sauver Bernier. Mais Morane songea alors qu'il ne pouvait transporter le blessé dans le « pick-up ». Les cahots seraient trop violents et provoqueraient à coup sûr une hémorragie mortelle. Ce qu'il fallait, c'était une voiture bien suspendue. Une voiture de marque américaine, par exemple...

— Y a-t-il encore quelqu'un à la Résidence ? demanda-t-il à la standardiste.

— Oui, monsieur l'Administrateur, tenant à donner l'exemple du calme, a décidé de ne quitter la ville qu'à la dernière minute...

Quelques secondes plus tard, Morane obtenait sa communication avec la Résidence. Quelqu'un décrocha et une voix, celle de Claire Holleman, demanda :

— Qui parle ?

— Robert Morane, dit Bob. J'avais peur que vous n'ayez quitté la ville...

— J'ai refusé d'abandonner mon oncle. Quand il partira je partirai... Mais que puis-je pour vous, monsieur Morane ?

— J'ai besoin d'une voiture rapide et bien suspendue, pour transporter un blessé. Avez-vous cela ?

À l'autre bout du fil, il y eut un silence. Puis Claire Holleman dit :

— Il y a la Cadillac de mon oncle. Cela fera-t-il l'affaire ?...

— Et comment ! s'écria Bob. Pouvez-vous me la faire amener ? Je suis à la villa de Bruno Sang, en bordure du lac...

— J'y serai dans dix minutes. Un boy me montrera le chemin...

— Vous ?... Mais...

— Il n'y a pas de mais... coupa Claire d'une voix enfantine. Depuis longtemps, j'ai envie de vivre une palpitante aventure et maintenant que cette chance s'offre à moi... Il n'y a pas si longtemps d'ailleurs, monsieur Morane, vous m'avez sauvé la vie, et il est juste que je paie un peu de ma personne pour acquitter ma dette...

Quand il eut raccroché, Bob se tourna vers Bernier et le considéra pendant quelques instants. Cet homme avait failli le tuer lors de l'explosion du « Mercédès », et maintenant il se débattait pour lui sauver la vie. Peut-être pouvait-on appeler cela de la faiblesse ou, plus naturellement, de l'humanité...

Morane haussa les épaules et, se penchant sur le blessé, il entreprit de lui confectionner un pansement provisoire.

*
* *

Dans la baraque de Jan Packart, momentanément transformée en infirmerie, tous les assistants avaient les yeux tournés vers la couchette, sur laquelle André Bernier était allongé. Au bout d'un moment, le docteur, qui était courbé sur le blessé, se redressa, le visage grave :

— Il n'y a rien à faire, dit-il. La balle a touché le cœur, et rien au monde ne pourrait le sauver. C'est même un vrai miracle qu'il soit encore en vie…

Les yeux de Claire Holleman cherchèrent ceux de Morane, mais elle fut surprise de n'y trouver ni colère, ni tristesse.

— Comment avez-vous su que c'était lui ? demanda Packart.

Bob parut être arraché à un rêve intérieur.

— Souvenez-vous, dit-il, lors de la catastrophe du « Mercédès », Bernier nageait loin derrière nous et, en outre, ses vêtements étaient intacts, alors que, tous, nous étions en loques. Cela signifiait tout simplement que Bernier s'était jeté à la nage un peu avant l'explosion. Comment aurait-il pu la prévoir s'il ne l'avait provoquée lui-même ?… Évidemment, cela ne m'a pas frappé immédiatement. Ce matin seulement, quand les mines sautaient dans les vallées, ces détails me sont apparus clairement. J'ai alors fouillé la cabane de Bernier, et j'y ai trouvé des échantillons de minerais radioactifs et l'adresse à Paris de l'Uranium Europe-Afrique. Ce soir, j'ai suivi Bernier, et j'ai eu la chance de le surprendre alors qu'il allait rejoindre son complice. Bernier semblait être saisi de remords et avait décidé de rompre son alliance avec Bruno Sang. Alors, ce dernier l'a abattu...

Une expression de vague pitié apparut sur les traits de Packart, mais cependant il ne formula aucun regret.

— Allons, dit-il au bout d'un moment, sauf pour Bernier, tout semble se terminer au mieux. L'usine est achevée, les laves contenues et Bruno Sang, l'homme à tout faire de l'Uranium Europe-Afrique, a pris la fuite. Nous l'emportons donc sur toute la ligne, et cela grâce à vous, mon vieux Bob... Lamertin vous en vouera une reconnaissance infinie.

— Ne crions pas victoire trop vite, fit Morane. Bruno Sang n'a peut-être pas dit son dernier mot. Il n'est pas impossible non plus qu'à la dernière minute, les barrages ne cèdent et n'ouvrent aux laves le chemin du lac. Notre griffe de feu n'a peut-être pas encore fini de nous en faire voir...

Il baissa la tête et tenta d'apercevoir, par la fenêtre ouverte, le sommet fulgurant du Kalima.

— Si cette éruption pouvait seulement prendre fin, dit-il. Cela nous enlèverait un fameux poids de la poitrine. Qu'en pensez-vous, Kreitz ?

Le volcanologue semblait en proie au doute.

— Les grondements deviennent de moins en moins perceptibles, et la pluie de cendres a complètement cessé. Il est possible que la lave se tarisse bientôt. Mais pour ce qui est de dire quand…

À ce moment, Bernier ouvrit les yeux, regarda longuement autour de lui et dit, dans un souffle :

— Commandant Morane… Venez… plus près. Je voudrais vous… parler…

Bob s'avança et se pencha sur le mourant.

— Sang ? demanda celui-ci. Vous l'avez ?…

De la tête, Morane eut un signe de dénégation. Un léger voile de regret passa dans les yeux à demi éteints du chimiste.

— Méfiez-vous, dit-il encore. Sang… est prêt à tout. Sur les hauteurs, il a fait construire… une villa avec piste d'envol. C'est lui qui vous a attaqué sur… la route d'Entebbe. Il possède aussi un hélicoptère…

Le moribond se tut. Visiblement, il rassemblait ses dernières forces.

— Reposez-vous, dit Morane. Tout à l'heure, quand vous aurez repris des forces, vous pourrez parler encore…

Bernier secoua la tête.

— Il n'y aura pas de tout à l'heure… Je vais mourir mais avant, je voudrais encore vous dire… Si la lave atteint le lac… il y a moyen d'empêcher la catastrophe… Injecter de l'ozone à l'endroit où la coulée s'enfonce sous… les eaux. Sous l'action de l'ozone, l'$H2S$[6] se change en eau et en $SO2$[7] , et le soufre précipite. L'oxygène sulfuré n'est pas toxique...

— Êtes-vous sûr de tout cela ? interrogea Bob.

Un pâle sourire apparut sur les traits déjà déformés du mourant.

— J'ai peut-être agi... comme un scélérat. Mais je suis... aussi... chimiste... ne l'oubliez... pas...

Sa tête roula soudain sur le côté, ses paupières se fermèrent, et il ne bougea plus. Le docteur s'approcha et se pencha sur le corps inanimé. Au bout de quelques instants il se redressa et secoua la tête.

— Personne ici-bas ne peut plus rien pour André Bernier, fit-il simplement.

Un grand silence pesa sur l'assistance. Un silence qui fut tout à coup troublé par le grésillement du poste récepteur de radio posé sur la table. Packart saisit l'écouteur et le pressa contre son oreille. Quand il le redéposa son visage était grave.

— Mes amis, dit-il, un veilleur m'annonce que les laves ont rompu le premier barrage. En ce moment, elles descendent vers le lac...

---

6 H_2S = hydrogène sulfuré.
7 SO_2 = oxygène sulfuré.

12

La nouvelle ruée des laves avait renversé tous les espoirs de Morane et de ses compagnons. Selon les calculs de Kreitz, qui avait étudié la coulée de près, celle-ci mettrait encore sept jours pour parcourir la distance séparant son front des eaux du lac. À partir de ce moment-là, elle y déverserait des tonnes de matières incandescentes, dont la température plafonnait aux environs de mille degrés, à un endroit où, justement, la berge plongeait à pic. L'immersion des laves serait donc brutale, et elles n'auraient guère le temps de se refroidir avant d'atteindre le fond. Cette circonstance augmentait encore, dans des proportions notables, les dangers de dégagement des gaz mortels.

Au soir du premier jour, un conseil réunit Morane, Kreitz, Xaroff, Lawrens et Packart dans la baraque de ce dernier. Tous les regards étaient tournés vers Morane. Jusqu'ici, il avait réussi à surmonter les situations les plus désespérées, et ses compagnons continuaient à lui faire confiance.

— Mes amis, dit-il, il n'est plus question ici de coups de force ni de ruse. Seule, la science peut nous tirer de ce mauvais pas. La science et un mort...

— Un mort ?... fit Packart. Que voulez-vous dire ?

— Souvenez-vous de ce que Bernier a déclaré avant de trépasser... Il a dit que, seul, l'ozone pouvait servir de catalyseur à l'hydrogène sulfuré.

— Nous savons cela, interrompit Packart. Mais, en admettant que nous réussissions à produire de l'ozone en quantité suffisante, comment parviendrions-nous à l'injecter, par doses massives, dans les eaux du lac ?

D'un geste, Bob apaisa le géant.

— Gardons notre calme, dit-il, et étudions la chose avec méthode. Pour commencer, avons-nous la possibilité de fabriquer de l'ozone en grande quantité ?

Pendant un moment, Packart parut réfléchir intensément.

— Nous le pouvons, finit-il par déclarer. Nous avons le courant à haute tension en provenance du barrage de la rivière Lundi. Il nous suffira de produire des décharges d'une dizaine de milliers de volts entre des plaques de métal inoxydable. Sous ces décharges, l'air se décomposera alors en ozone, qui sera recueilli dans une chambre spéciale. Avec l'outillage et les moyens techniques dont nous disposons, il nous sera aisé de mettre cet appareillage au point en un temps record. Pourtant, Bob, je dois une nouvelle fois vous poser la même question que tout à l'heure. Comment réussirons-nous à injecter cet ozone dans les eaux du lac ?

— Comment ? fit Bob. Dans quelques instants, mon vieux Jan, et vous tous, mes amis, vous aurez honte de ne pas avoir découvert vous-même ce moyen… Pour conduire l'ozone au fond du lac, nous avons les conduites de plastique qui devaient nous servir à extraire l'eau méthanisée. En outre, nous possédons une puissante pompe aspirante – celle-là même que nous avons montée au cours des semaines précédentes. Il nous suffira tout simplement de la transformer en pompe refoulant et le tour sera joué. Il y aura bien quelques petits problèmes d'ordre technique à résoudre, tel que celui des joints, par exemple, mais nous en viendrons aisément à bout…

— Et voilà ! explosa Packart. Il suffisait d'y penser… Décidément, mon vieux Bob, Jacques Lamertin a eu le flair en vous choisissant !

— Ne nous emballons pas, dit Morane. À présent que nous avons énoncé la théorie, envisageons la pratique… Aurons-nous le temps de mettre notre appareil au point avant que la lave n'ait atteint le lac ?

— Il nous reste six jours, répondit Packart. Juste le temps qu'il a fallu à Dieu pour créer le monde. Il était seul, et nous sommes six, sans compter les travailleurs spécialisés.

— Là réside justement la difficulté, intervint Lawrens. Un certain nombre de nos hommes, devant l'avance des laves, nous ont déjà quittés aujourd'hui. Combien en restera-t-il demain ?

— Assez, j'espère, dit Bob, pour nous permettre de mener à bien notre entreprise. Je vais réunir ceux qui restent et leur parler. Ceux qui accepteront de nous aider, recevront une prime importante. La Compagnie paiera. Une fois le travail terminé, tout le monde sera évacué, soit en avion, soit en hélicoptère vers les hauteurs... Seuls, Packart et moi demeurerons ici pour effectuer les derniers préparatifs. Ensuite, l'un de nous restera seul, et à la grâce de Dieu !

*
* *

Tout se passa comme Morane l'avait prévu. Une vingtaine de travailleurs spécialisés avaient accepté de demeurer à pied d'œuvre et, au matin du cinquième jour, un appareillage de fortune produisait l'ozone en quantité suffisante pour permettre tous les espoirs. Plus d'un kilomètre de conduite avait été déroulé le long des rives, jusqu'à l'endroit où la lave devait rencontrer celles-ci. Quatre cents autres mètres plongeaient dans les profondeurs du lac.

Par petits groupes, les travailleurs, Kreitz, Xaroff et Lawrens furent évacués vers les hauteurs, de l'autre côté du lac. Morane et Packart, comme prévu, demeurèrent seuls parmi les établissements déserts.

Ils passèrent le reste de la journée à surveiller l'avance des laves et à contrôler l'état des joints, dont dépendait le parfait fonctionnement du catalyseur. Selon les prévisions, les laves devaient atteindre le lac vers le milieu de la nuit et un seul homme suffirait alors pour assurer le bon fonctionnement de la pompe à ozone.

Packart voulait être ce seul homme. Il disait être plus habile technicien que Bob et, par conséquent, être tout désigné pour rester. Mais Morane ne partageait guère cet avis. Jacques Lamertin l'avait engagé pour accomplir une mission dangereuse, et il trouvait normal d'encourir tous les risques.

— Nous ne nous entendrons jamais, finit par dire Packart. Pourquoi, après tout, ne demeurerions-nous pas tous deux ?

Morane secoua la tête.

— Non, dit-il. Rien ne dit que le catalyseur apportera le résultat escompté, et il serait inutile de risquer deux vies humaines au lieu d'une seule. Vous allez partir avec l'avion...

L'entêtement se lisait seul sur les traits de Packart.

— Je refuse de vous obéir. Je resterai, moi, et vous partirez avec l'avion...

Bob haussa les épaules et fit la grimace.

— Vous avez raison, nous ne nous entendrons jamais, remarqua-t-il. Pourquoi ne pas laisser au sort le soin de décider à notre place ?

Il tira un jeu de trente-deux cartes de sa poche et les déploya en éventail.

— Celui qui tirera la carte la plus basse partira, dit-il.

Packart hésita un instant puis, finalement, tira une carte et la retourna. C'était un sept de pique. La plus petite carte du jeu.

— Vous avez perdu, dit Bob.

— Ce n'est pas sûr. Vous pouvez aussi tirer un sept. Il y en a quatre par jeu...

Morane sourit doucement.

— Inutile d'essayer de m'avoir, fit-il. Vous savez jouer au poker et vous connaissez la valeur des différentes images. Le pique tient la queue, et vous le savez bien. Même si je tirais un sept de trèfle, ou un sept de carreau, ou un sept de cœur, vous seriez encore le perdant...

Une fois de plus, Packart frotta ses larges mains l'une sur l'autre, dos contre paume.

— Vous êtes décidément le plus fort, dit-il. Mais le sort a parlé, et je dois me soumettre. Si, au moment où la lave entrera dans les eaux, vous sentez une odeur d'œufs pourris, c'est que le catalyseur ne remplit pas son office. Alors, filez aussitôt avec l'hélicoptère et montez le plus haut possible, pour échapper au gaz. Peut-être vous restera-t-il alors une chance de vous en tirer. Promettez-moi de ne pas risquer votre vie inutilement... Promettez-moi...

— Je vous le promets, dit Bob.

Les deux hommes se serrèrent la main et Packart, tournant les talons, se mit à marcher rapidement en direction de l'aérodrome.

Un quart d'heure plus tard, l'avion jaune s'élevait dans les airs et fuyait au-dessus du lac. Bob le suivit longuement des yeux, puis il rentra dans sa cabane et s'assit devant la table.

Pendant un instant, il demeura grave, puis il se mit soudain à rire doucement.

— Je sais piloter une auto de course, dit-il à haute voix, un canot automobile, un avion à hélice et un avion à réaction. À vrai dire, je sais piloter un tas d'engins différents, mais jamais je n'ai songé à apprendre à piloter un hélicoptère, et seul un spécialiste peut y réussir… Et dire que, tout à l'heure, j'ai dépareillé tous les jeux de cartes de la réserve pour en composer un à mon usage…

Il jeta devant lui, sur la table, le jeu de cartes qu'il avait gardé dans le creux de la main. Il était composé de trente-deux sept de pique…

13

La nuit était tombée, en même temps qu'un silence de fin de monde. Morane était à présent seul au bord du lac. Les animaux eux-mêmes, mus par un secret instinct, en avaient déserté les rives. Là-bas, très loin, sur les hauteurs, des feux, lumières des villas et bivouacs des campements, s'étaient allumés, se confondant parfois dans l'obscurité, avec le scintillement des étoiles.

Morane consulta sa montre. Il était huit heures du soir. La coulée ne devait atteindre le lac que vers une heure de la nuit. Cela lui laissait donc cinq heures de répit, cinq heures pendant lesquelles l'ozone pourrait saturer les eaux profondes à l'endroit où les laves s'y engloutiraient.

Rapidement, Bob traversa la cour des chantiers, s'engagea sous le toit de tôle ondulée protégeant le catalyseur et s'approcha de celui-ci. À vrai dire, assemblé à la hâte, l'appareil ne payait guère de mine. S'il n'avait été prévenu, Morane n'aurait pu dire à quoi pouvait servir exactement cet enchevêtrement de canalisations, de fils électriques, de bielles et de réservoirs. « Cela ressemble davantage à un tricératops[8] qu'à une fabrique de méthane-pompe refoulant, songea Bob. Pourtant, cela pourrait même ressembler à un moule à gaufres. Le tout est que cela fonctionne... »

Il tourna un volant et poussa une manette. Aussitôt, une sorte de sifflement retentit, suivi du crépitement d'une décharge électrique. En même temps, la pompe se mettait en branle, laissant échapper un halètement de titan fatigué... Rapidement, Morane inspecta un voltmètre pour s'assurer que le courant passait bien, suivant la tension requise. Par giclées puissantes, la pompe refoulait à présent l'ozone dans les conduites.

La dernière manche de la bataille contre les laves était engagée. Ou l'homme réussirait une fois encore à maîtriser les éléments ou, alors, ce serait la défaite totale, pour Jacques Lamertin et la C.M.C.A., tandis que pour Morane, ce serait sans doute la mort.

À cette dernière idée, Bob se cabra soudain.

— La mort ? dit-il à haute voix. Qui sait ?... Je ne suis pas un mouton qu'on mène à l'abattoir, et je me sens bien décidé à tenter ma chance. À présent que mon tricératops marche avec la précision d'une montre suisse, je vais penser un peu à moi-même. Jusqu'ici, je n'ai jamais appris à piloter un

---

[8] Le Tricératops était un saurien géant de l'ère secondaire, à l'aspect particulièrement rébarbatif.

hélicoptère. Il serait temps d'y songer…

Abandonnant le catalyseur, qui continuait à fonctionner avec régularité, Morane traversa les établissements dans toute leur longueur et gagna l'endroit où était stationné le Sikorsky. Il monta à bord et mit le rotor en route. Ensuite, sans tenter de s'élever, il tenta de régler l'orientation des pales. Mais là, il le savait, résidait toute la difficulté. Le pilotage d'un hélicoptère est un travail de précision, nécessitant une longue pratique. Au bout d'un moment, Morane y renonça. Si les événements tournaient mal, il réussirait bien à quitter le sol et, une fois en l'air, il tenterait de gouverner de son mieux. Pour le moment, il n'avait pas le loisir d'approfondir la manœuvre. Tout à l'heure, si le catalyseur se révélait inefficace, il lui faudrait compter sur la chance, et presque uniquement sur elle…

Après avoir stoppé le rotor, Morane prêta l'oreille, écoutant le bruit régulier de la pompe. Elle fonctionnait tel un cœur gigantesque, sans ratés, et ses pulsations résonnaient dans le silence comme la plus douce des musiques.

— À présent, murmura Bob, allons jeter un coup d'œil sur les positions de l'adversaire…

Il gagna la barrière et, sa lampe de poche balayant le sol devant lui, s'avança sur la piste. Il marcha pendant mille mètres environ, jusqu'à ce qu'un souffle embrasé le frappât au visage. À vingt mètres, la coulée coupait la route, gigantesque masse oblongue, large de cinq cents mètres et épaisse de dix. Son dos grisâtre palpitait lentement et, avec ses taches pourpres, elle faisait songer à quelque fantastique salamandre suivant son petit bonhomme de chemin à travers la brousse.

Partout, l'odeur des végétations carbonisées régnait, mêlée à celle du soufre et de l'acide carbonique. Parfois, un arbuste, déshydraté, flambait brusquement et se consumait avec une flamme claire.

En ayant soin de ne pas trop s'en approcher, Morane se mit à suivre la coulée, en direction du lac. Il venait d'atteindre le front de lave, mur rougeoyant animé d'un mouvement de lente reptation, quand un vrombissement lui fit lever la tête. Quelque chose ressemblant à un gigantesque moustique, découpé en sombre sur le bleu de la nuit, passa au-dessus de lui. « Un hélicoptère, songea Bob. Qu'est-ce qu'un hélicoptère vient faire ici en ce moment ? » L'appareil avait plongé vers la rive. Et, tout à coup, un sombre pressentiment étreignit Morane. Mû par une sorte d'énergie désespérée, il se mit à courir vers l'endroit où avait disparu l'hélicoptère.

En quelques secondes, il parvint en vue du lac, dont la surface calme, doucement dorée par la lune et les reflets du cratère embrasé, ne laissait en rien prévoir le cataclysme qui, tout à l'heure, ferait peut-être de Bomba un nouveau Saint-Pierre de la Martinique. Mais Bob ne regardait déjà plus le lac. L'hélicoptère était là, posé parmi les buissons d'épineux, immobile, tel un insecte mort sur son piège de glu.

*
* *

Lentement, à demi courbé, Bob avançait à présent vers l'hélicoptère. Afin de ne pas révéler sa présence, il prenait garde de ne faire craquer le moindre branchage. L'impression de danger qui l'avait surpris tout à l'heure persistait. Mais quel était exactement ce danger ? Il se le demandait sans pouvoir acquérir de certitude.

De sa marche circonspecte d'Indien sur le sentier de la guerre, il atteignit l'hélicoptère. Il en fit le tour, mais aucune présence humaine ne se manifestait. Le poste de pilotage était vide, et Morane s'interrogeait sur les raisons qui avaient pu pousser quelqu'un à poser là cet appareil pour l'abandonner ensuite. Alors seulement, il sentit l'odeur, cette odeur étrange des hautes montagnes assaillies par la foudre. L'odeur de l'ozone...

« Les conduites ! pensa soudain Morane. Les conduites !... » Une folle ruée le poussa vers l'endroit où passait l'énorme boyau de plastique conduisant l'ozone vers l'endroit où la coulée devait plonger dans le lac.

Comme il l'atteignait l'odeur se fit plus forte. Il se pencha, et une sorte de désespoir lui noua la gorge. La conduite était là, mais quelqu'un l'avait sectionnée sauvagement, sans doute à coups de sabre d'abattis, et le précieux gaz s'en échappait, comme d'une trachée ouverte, avec un petit sifflement incongru.

Morane s'avança alors, en direction des établissements de la Compagnie, le long de la conduite. Celle-ci était ainsi sectionnée en différents endroits, sur une distance de deux cents mètres environ.

Saisi par une sorte de fièvre, Morane se mit à empiler de lourdes pierres au-delà de la dernière section, afin d'empêcher le gaz de se perdre dans l'atmosphère. Il venait d'achever ce travail, quand la voix retentit. Une voix douce comme le miel.

— Inutile de vous donner tant de mal, commandant Morane. Vous ne pouvez plus rien. Ni pour Bomba, ni pour la C.M.C.A.… ni pour vous-même.

À moitié courbé, Bob pivota sur lui-même. Bruno Sang était là, éclairé en plein par la lune, à quelques pas de lui, et il braquait un revolver. Alors seulement, Morane se souvint des paroles que Bernier avait prononcées peu avant de mourir. « Sang est prêt à tout. Il a fait construire sur les hauteurs, une villa avec piste d'envol… Il possède également un hélicoptère… » Comment Morane avait-il pu croire que l'homme à la voix de miel abandonnerait ainsi son action ? Mais Sang continuait à parler :

— Il était écrit que je devais avoir le dernier mot dans toute cette histoire, commandant Morane. Quand la coulée s'enfoncera dans les eaux du lac, les gaz mortels se dégageront. Pour la C.M.C.A., le coup sera tel qu'elle ne s'en relèvera jamais… Plus tard, quand le danger sera écarté, Uranium Europe-Afrique pourra venir planter ses tentes en toute quiétude dans la région et y exploiter les gisements de minerais radioactifs que ses géologues, déguisés en touristes et en chasseurs, y ont découverts voilà quatre ans. Et, je me trouverai là pour savourer cette victoire. Vous non, commandant Morane, car vous serez mort...

Le revolver tremblait dans la main du bandit. Bob bondit en avant. Une détonation assourdissante retentit, et il sentit quelque chose lui déchirer l'épaule droite. Mais, déjà, il avait frappé Bruno Sang d'un coup de tête au creux de l'estomac. Tous deux roulèrent sur le sol.

Morane se rendit alors compte que son bras blessé lui refusait tout service. Écrasant son adversaire sous son poids, Bob tenta de lui arracher son arme. Sang se débattait avec énergie et insensiblement, Morane, handicapé par sa blessure, voyait le canon du revolver se tourner vers son visage. Sang allait tirer. Dans une sorte de sursaut, bandant à l'extrême les muscles de son bras gauche, Bob réussit à détourner l'arme. Par cinq fois, Sang fit feu. Contre son oreille, Morane sentit la chaleur de la poudre. Mais il avait trop compté sur ses forces. Bruno Sang avait réussi à se dégager. Son bras décrivit un court arc de cercle, et le canon du revolver frappa Morane à la tempe. Il lâcha prise et roula sur le côté, à moitié étourdi...

Sang s'était redressé. Il visa soigneusement Morane et pressa la détente mais, seul, le claquement du chien frappant à vide retentit...

Le bandit lâcha une imprécation, lança son arme en direction de son adversaire étendu et, faisant volte-face, se mit à courir vers l'hélicoptère.

Une sorte de folie meurtrière embrasa soudain Morane. D'un bond, il se releva et, sans se soucier de son bras droit qui se balançait, inutilisable, le long de son corps, il se lança à la poursuite du forban. Celui-ci possédait une sérieuse avance, et il réussit à atteindre l'hélicoptère et à faire tourner le rotor avant que Bob ne l'ait rejoint. Morane tenta de grimper à bord, mais un coup de pied appliqué en pleine face le rejeta en arrière.

Lentement, le Sikorsky commença à s'élever. Morane dans un dernier sursaut d'énergie, s'agrippa de sa main valide au rebord de la carlingue.

Ses pieds quittèrent le sol, à l'instant même où Bruno Sang, lui martelant les doigts à coups de talon, le forçait à lâcher prise. Bob retomba. Et, soudain, l'hélicoptère, déséquilibré, se renversa, tourna sur lui-même, bondit de quelques mètres en l'air et s'écrasa sur le sol.

Morane se remit péniblement sur pied et marcha vers l'appareil qui, maintenant, ne présentait plus qu'un amas de ferrailles tordues, parmi lesquelles gisait le corps ensanglanté de Bruno Sang.

— L'homme à la voix de miel a terminé sa carrière, dit Bob à haute voix. Exit, l'homme à la voix de miel…

Brusquement l'odeur de l'ozone lui revint aux narines. « Les conduites !… Les conduites !… » Il devait remplacer au plus vite le tronçon détruit… Au plus vite…

Soutenu seulement par ses nerfs et sa volonté de

vaincre, Morane se mit à courir vers les chantiers. Son bras droit lui était un poids mort et, tous les dix mètres il trébuchait, tombait et se relevait. Une seule pensée le dominait : revenir avec de nouvelles conduites, remettre le catalyseur en fonction. Il avait accepté la mission que lui avait confiée Lamertin, et il lui fallait la mener jusqu'au bout.

Comment parvint-il à atteindre les chantiers ? Jamais sans doute il ne devait tenter de le comprendre. Sous son toit de tôle, le catalyseur marchait toujours, comme si rien ne s'était passé.

Les conduites de réserve étaient là, enroulées sur leurs tambours. Morane n'avait qu'à se servir. Mais il ne fit pas un geste. Il venait de comprendre que, seul, épuisé, avec un seul bras valide, il ne parviendrait jamais à effectuer les réparations avant que la lave n'ait atteint le lac.

— Deux cents mètres de conduites et un seul bras, murmura-t-il. Deux cents mètres de conduites…

Cette fois, ses nerfs le lâchèrent, et il se mit à rire comme un dément…

Quand il se fut calmé, cette froide détermination qui, d'habitude, régissait ses moindres actes, lui revint. Puisqu'il ne pouvait sauver Bomba et la C.M.C.A., il tenterait tout au moins de se sauver lui-même. Le sacrifice de sa vie ne pouvait plus rien contre le destin…

Rapidement, Morane tâta son épaule droite. La blessure était profonde et saignait abondamment, mais cependant l'os ne paraissait pas atteint. Bob prit son mouchoir et le serra contre la plaie à l'aide de sa ceinture.

— Maintenant, à l'hélicoptère, murmura-t-il. Si je ne réussis pas à me débrouiller avec cet engin de malheur, adieu Bob Morane...

Il se mit à marcher vers le Sikorsky.

« Pourvu que je réussisse !... Pourvu que je réussisse !... »

14

Avant de grimper à bord de l'hélicoptère, Morane regarda en direction du lac, et il sentit son cœur se serrer. Pendant un mois, il avait lutté, tant pour permettre à la C.M.C.A. d'obtenir le prolongement de sa concession, que pour sauver Bomba de la catastrophe. Et, à présent, il était vaincu. Ses efforts avaient échoué, et il se trouvait lui-même en danger de mort.

Ses yeux s'étaient posés sur les lumières brillant dans les hauteurs. « Claire Holleman, Packart, Kreitz, tous mes compagnons d'aventure sont là-bas, songea-t-il. Parviendrai-je à les rejoindre ?... » Sa main gauche se posa à plat sur la cabine de l'hélicoptère.

— Ma vie dépend de cette fichue mécanique, dit-il à haute voix. De cette fichue mécanique, de la chance... et de moi-même.

Il se mit à rire nerveusement.

— Bob Morane, le bon élève ! L'homme capable d'apprendre à piloter un hélicoptère en dix secondes.

Bob Morane, l'homme-miracle...

Et, soudain, il lui sembla que quelque chose manquait dans le paysage nocturne. Comme si une lumière s'y était éteinte. Bob tourna ses regards vers le Kalima, dont le sommet n'était plus illuminé à présent que d'intermittentes lueurs. L'éruption touchait à sa fin. Trop tard cependant car, à présent, plus rien ne pouvait arrêter, sur le chemin du lac, les laves molles entraînées par leur propre masse.

Cette dernière ironie du sort ne toucha guère Morane. Plus rien ne pouvait d'ailleurs le toucher. La date limite pour le renouvellement de la concession était passée et celle-ci, après les derniers événements, ne serait à coup sûr pas prolongée. Pourtant il s'en moquait. Bomba allait être ruinée, et les gens qui, soit par ignorance, soit par inertie, étaient demeurés entre ses murs, allaient périr par asphyxie. Mais, de cela, Morane se moquait aussi. À bout de force, il ne se sentait plus capable d'éprouver une quelconque pitié, ni pour les autres, ni même pour lui.

Alors seulement, il vit les torches. Au nombre d'une vingtaine, elles venaient le long de la route, en direction des chantiers, où elles pénétrèrent, se dirigeant vers le catalyseur. Un murmure de voix les accompagnait.

Il y avait là une cinquantaine de Noirs, selon toute évidence des Bayabongo descendus de leur village du volcan éteint. À leur tête, un grand diable, qui devait être le chef, avançait en gesticulant.

— Qu'est-ce que ces fous viennent faire ici ? se

demanda Bob. Pourquoi ne sont-ils pas demeurés là-haut, dans leur cratère, où ils jouissaient d'une sécurité relative ?

Faisant appel à ce qui lui restait d'énergie, il marcha vers eux et se dressa sur leur chemin.

— Que venez-vous faire ici ? demanda-t-il.

Toute la troupe s'était arrêtée. Sur les visages noirs, luisant dans la pénombre, aucune hostilité ne se lisait, mais seulement une sorte de volonté farouche et têtue.

— Que venez-vous faire ici ? demanda encore Morane. On vous avait ordonné de ne pas quitter votre village. Dans votre intérêt, vous deviez obéir...

— Ce matin, dit le chef, un Blanc est venu, dans une machine volante comme celle-ci. (Il désignait l'hélicoptère.) – Il nous a dit que l'appareil construit par les hommes de la Compagnie, (cette fois, il tendait le bras en direction du catalyseur), représentait un danger et que nous devions le détruire, sinon, de graves calamités s'abattraient sur la région...

— Pourquoi n'êtes-vous pas venus plus tôt ?

— Nous avons hésité. Jusqu'ici, nous avions été en bons termes avec la Compagnie. Nous ne voulions pas lui déclarer la guerre sans raisons. Depuis longtemps, les Bayabongo vivent en paix avec les Blancs. Nous avons tenu conseil. Ensuite, comme le Blanc venu dans la machine volante nous avait affirmé qu'il fallait détruire l'appareil avant que le grand serpent de feu n'atteigne le lac, nous nous sommes mis en route.

Le Blanc venu dans la machine volante. De toute évidence, il s'agissait de Bruno Sang. Celui-ci avait tenté de faire accomplir sa besogne de destruction par les Bayabongo puis, voyant que ceux-ci n'agissaient pas, il avait décidé de passer à l'action lui-même…

— Les Bayabongo peuvent détruire l'appareil, fit Morane. Il pouvait sauver Bomba, mais à présent il est inutilisable. L'homme venu dans la machine volante vous a odieusement trompés. L'appareil ne présentait pas un danger, au contraire…

Il se demandait comment il pourrait expliquer aux Noirs le fonctionnement du catalyseur. Les termes d'hydrogène sulfuré, de réaction chimique, d'oxygène sulfuré, seraient pour eux lettre morte. Il tendit le bras vers le Kalima, sur le flanc duquel la coulée rougeoyante continuait à s'épandre lentement malgré le déclin de l'éruption.

— Le grand serpent de feu, dit-il, est pour le lac comme la foudre pour la savane sèche qu'elle consume. Ce grand serpent de feu, lui, s'il pénètre dans l'eau, libérera des vapeurs mauvaises et, dans la région, tous les êtres vivants, hommes et bêtes mourront. L'appareil est la pluie qui tombe sur la brousse enflammée. Il écarte le danger…

Le chef des Bayabongo avait écouté Morane sans l'interrompre.

Finalement, il désigna le bras droit du Français, qui pendait toujours inerte le long de son corps.

— Tu es blessé ?

Bob eut un signe affirmatif de la tête.

— Oui, fit-il. L'homme à la machine volante est venu détruire l'appareil. Je l'ai surpris. Nous nous sommes battus et il m'a blessé d'un coup de revolver...

— Tu étais armé, toi aussi ?

Morane secoua la tête.

— Non. Je n'avais que mes mains pour me défendre. Mais l'homme à la machine volante est mort...

Le chef sourit.

— Tu es brave, dit-il. Si l'homme à la machine volante nous a menti, il est juste qu'il ait été puni.

Il y eut un silence, puis le Noir dit encore :

— Nous ne toucherons pas à l'appareil, car je crois tes paroles. Mes hommes et moi allons regagner le village...

— Ce sera trop tard, dit Bob. La route est trop longue. Vous ne parviendrez pas à vous mettre en sécurité avant que le grand serpent de feu n'atteigne le lac et que les vapeurs mauvaises ne se dégagent. L'homme à la machine volante vous a attirés dans un piège...

Le bras du Bayabongo se tendit vers le catalyseur.

— Pourquoi ne pas essayer de le faire fonctionner à nouveau ?

Morane haussa les épaules. Le chef ne pouvait comprendre. Il ne pouvait comprendre que le catalyseur ne se réparait pas comme une flèche brisée. Si encore, il pouvait trouver de l'aide, mais seul...

Soudain, une idée folle lui vint. Il consulta sa

montre et constata qu'il restait deux heures de répit avant que la coulée n'atteigne le lac. Les hommes ?... Il les avait là, sous la main. Cinquante hommes qui, peut-être, seraient prêts à l'aider. Mais, en seraient-ils capables ? Il n'en savait rien. Cependant, il se sentait décidé à tenter la chance...

— Chef, dit-il, c'est ici ta terre. Jadis, tes ancêtres la défendaient contre les peuplades ennemies. Puis, les Blancs sont venus avec leurs armes redoutables, et vous avez dû vous soumettre. Veux-tu combattre à nouveau pour cette terre ? M'aider à l'empêcher de devenir stérile ?... En même temps, tu sauveras ta vie, celle de tes hommes et la mienne...

Pendant un moment, le Noir demeura silencieux, puis il demanda :

— Que faut-il faire pour cela ?

— M'aider à remettre l'appareil en état. Écoute...

Rapidement, Morane lui parla des conduites coupées, de la nécessité de les remplacer. Le chef l'écoutait avec attention. Sur son visage intelligent, la compréhension se lisait, et Morane fut surpris de le voir saisir aussitôt certains aspects du problème qui auraient peut-être échappé à beaucoup d'Européens. Quand il eut terminé, Bob demanda :

— Crois-tu que tes hommes et toi pourrez m'aider ? Sans mon bras droit, je ne suis guère bon à grand-chose. J'ai perdu beaucoup de sang, et je me sens faible comme un enfant...

Dans la clarté des torches, les dents blanches, soigneusement limées, du chef des Bayabongo, brillèrent dans un large sourire. Sa main se posa sur l'épaule de Morane.

— Mes hommes sont forts, et ils ont beaucoup de bras droits. Tu nous montreras, et nous t'aiderons...

— Et si nous ne parvenons pas à réparer les conduites avant la chute des laves dans les profondeurs du lac ?

Le visage du noir se fit soudain grave.

— Nous mourrons tous ensemble. Les hommes noirs et l'homme blanc, tous ensemble...

Le chef se tourna vers ses hommes et, leur désignant les tambours sur lesquels s'enroulaient les conduites de plastique, il leur lança des ordres. Il allait lui-même s'élancer, mais Bob le retint.

— Quel est ton nom ? demanda-t-il.

— Wénéga...

— Je m'appelle Bob, et permets-moi d'être ton ami...

Une poignée de main scella ce pacte entre les deux hommes. Ce pacte entre deux mondes unis dans un même combat.

*
* *

Pour Morane, les deux heures qui suivirent se passèrent à la façon d'un cauchemar. Commandés par Wénéga, auquel ils obéissaient avec respect, les Bayabongo, ces Africains à peine touchés par la civilisation, avaient à présent remplacé les ouvriers de la C.M.C.A. Les conduites devant être remplacées avaient été sectionnées et de nouveaux tronçons amenés sur place. Restait le délicat problème des joints. Ceux-ci devaient en effet être d'une étanchéité parfaite car, à la moindre fuite, l'ozone sous pression élargirait l'ouverture jusqu'au déchirement complet.

Déjà, l'acheminement de la nouvelle conduite à travers la brousse avait pris un temps appréciable. Aidé par les Noirs, Morane entreprit alors de rassembler les différents tronçons. Mais sa faiblesse, à laquelle la nervosité s'ajoutait, l'empêchait de travailler avec toute l'efficacité requise. Ses mains tremblaient, la sueur le couvrait tout entier et, parfois, une sorte de brouillard rouge passait devant ses yeux. Sa blessure lui faisait mal et à plusieurs reprises, il crut s'évanouir.

Au bout d'un moment, Wénéga lui toucha l'épaule.

— Mes hommes et moi, nous achèverons le travail, dit-il. Va là-bas, près de la machine, et prépare-toi à la mettre en marche. Quand nous aurons terminé, j'enverrai mon meilleur coureur te prévenir...

Morane hésita, mais il lut une telle assurance dans les yeux de Wénéga qu'il décida de lui faire confiance. Lui-même était à bout de forces.

Pendant un moment, il regarda les Noirs occupés à leur besogne. Ils avaient retenu la façon dont Morane opérait, et ils agissaient maintenant avec la même habileté.

Bob détacha sa montre de son poignet et la tendit à Wénéga.

— Quand la grande aiguille atteindra ce chiffre, dit-il, les joints devront être achevés. À ce moment, la lave atteindra le lac...

Mais le chef des Bayabongo repoussa la montre.

— Les hommes, dit-il, ne peuvent aller plus vite que le temps.

Après un dernier regard aux ouvriers improvisés, Bob se mit en route vers les chantiers. Chacun de ses pas était douloureux, et la fièvre le faisait claquer des dents...

Quand il atteignit le catalyseur, il était une heure moins dix minutes. Sans actionner la pompe, il établit aussitôt le contact du courant à haute tension. Le grésillement caractéristique de la décharge électrique retentit et l'odeur bénie de l'ozone satura à nouveau l'atmosphère.

À présent, la main gauche crispée sur le volant permettant de mettre la pompe en action, Bob attendait, prêt à chaque instant à voir s'élever la colonne de vapeur annonçant que la lave avait atteint le lac. Parfois, ses yeux se portaient sur sa montre, et l'angoisse mouillait son front d'une sueur froide...

Et, soudain, là-bas, un mugissement déchira le silence, et une épaisse gerbe de vapeur monta, toute blanche, dans la nuit. La lave avait pénétré dans les eaux, et Wénéga n'avait pas encore donné le signal. Pourtant, Morane savait que, s'il actionnait la pompe avant que les joints ne soient définitivement fixés, ceux-ci sauteraient sous l'effet de la pression...

Sur sa droite, un grand Noir apparut, haletant. La transpiration couvrait sa peau sombre et la faisait luire comme un bronze poli.

— Fini, Bwana, cria-t-il. Fini…

Mû par une brusque frénésie, Bob actionna le volant. Aussitôt, la pompe se mit en branle, refoulant l'ozone dans les conduites, vers le fond du lac.

Cette fois, Morane se détendit. Tout avait été tenté, et il n'y avait plus qu'à attendre. Si le catalyseur remplissait son office, Bomba, et sans doute la C.M.C.A., étaient sauvés. Sinon…

Bob était trop exténué pour épiloguer sur ce « sinon… ». Il montra le catalyseur au messager noir.

— Si tu n'entends plus le bruit, dit-il, viens m'avertir aussitôt.

— Oui, Bwana…

Morane se dirigea vers sa cabane, en ouvrit la porte et, tout ressort coupé, se laissa tomber sur son lit de camp dans un état d'hébétude voisin du coma.

Sous ses paupières, les images de la journée se déroulaient en un fantastique kaléidoscope. Il revoyait Bruno Sang braquant son arme dans sa direction, puis l'hélicoptère bondissant dans les airs et retombant fracassé, la bande des Bayabongo envahissant les chantiers et se courbant ensuite sur les conduites de plastique ; enfin, la grande colonne de fumée s'élevant vers le ciel, gigantesque fantôme blanc…

Son épaule lui faisait mal. On eût dit qu'un fer rouge fouillait sa plaie. Ensuite, il ne sentit plus rien. Il n'entendit plus rien. Le catalyseur devait s'être arrêté, car les halètements de la pompe refoulant ne parvenaient plus à ses oreilles. Et le grand Bayabongo ne venait pas le réveiller. Peut-être avait-il oublié. Peut-être s'était-il enfui…

Morane aurait voulu se lever, courir au catalyseur, le remettre en marche.

À présent, il entendait les cris d'épouvante des Bayabongo, ces cris qui se changeaient en râles d'agonie. Et cette odeur d'œufs pourris qui montait, montait…

15

Une main secouait doucement Morane. Il ouvrit les yeux et vit qu'il faisait grand jour. Wénéga était penché sur lui.

Tout de suite, Bob essaya de retrouver l'odeur d'œufs pourris, mais sans y parvenir. Il comprit que, pendant son sommeil, toutes ses terreurs, refoulées jusque-là, s'étaient libérées en un cauchemar d'une réalité presque matérielle.

Morane se dressa sur son séant. Il s'aperçut alors que son épaule avait été pansée avec soin.

— Le catalyseur ? demanda-t-il.

Le chef des Bayabongo lui fit signe de prêter l'oreille. Dans le lointain, les halètements de la pompe refoulant continuaient à retentir sur un rythme régulier. Mais, déjà, l'attention de Morane était attirée par le plat, contenant d'épaisses tranches d'antilope garnies de patates grillées sous la cendre, que lui tendait Wénéga. Il mangea avec appétit et, aussitôt, sentit ses forces renaître.

— Pendant combien de temps ai-je dormi ?

interrogea-t-il après s'être repu. Sa montre marquait neuf heures, mais il ne savait de quel jour.

Wénéga montra les cinq doigts de sa main gauche, puis trois de la droite.

— Huit heures, ou huit jours ? demanda Bob.

Un clair sourire illumina la visage de Wénéga.

— Heures, fit-il.

Cela rendit à Morane sa confiance en lui-même.

— Allons, dit-il, si je récupère aussi rapidement, c'est que je ne suis pas encore caduc...

Il se redressa et fit une rapide toilette.

— Nous devons partir sur le lac, dit-il, et jusque l'endroit où la lave y a pénétré. Alors seulement, je saurai de façon certaine si tout danger est écarté...

Un quart d'heure plus tard, un canot à moteur de la Compagnie, monté par Morane, Wénéga et trois autres Bayabongo, fendait les eaux du lac, en direction de la colonne de vapeur fusant toujours en un jet puissant et formant un large pilier mouvant, pour s'épanouir bientôt en une sorte de monstrueux champignon. Le front de la lave, qui depuis la nuit avait atteint le fond du lac, s'était figé, et la matière en fusion, progressant à une vitesse de plus en plus réduite devait se frayer un chemin à travers la croûte solidifiée qui de minute en minute, freinait toujours davantage son avance.

Quand le canot arriva à une centaine de mètres de la coulée, une odeur d'acide sulfurique chauffée se fit sentir. L'eau avait pris une teinte jaunâtre, produite par le soufre précipité par la réaction hydrogène sulfuré-ozone. Tout s'était donc passé comme prévu.

Le catalyseur avait rempli son office.

Morane plongea un thermomètre dans l'eau. Il indiqua près de quatre-vingt-dix degrés centigrades.

Le canot fut poussé plus près de la berge. Là, à la grande surprise de Morane, la température de l'eau avait baissé. L'ébullition avait formé des courants se propageant dans les deux sens, les chauds fuyant vers le large, les froids convergeant au contraire vers la rive.

Morane et les Noirs qui l'accompagnaient traversaient par moments de larges pans de brouillard, entre lesquels ils apercevaient le front, déjà solidifié, de la coulée s'arrondissant comme le dos d'un gigantesque reptile à la peau écailleuse avec, de temps en temps, la saillie d'une masse basaltique encore fumante.

D'énormes bulles venaient crever, avec un bruit gras, à la surface de l'eau. Des gaz s'échappaient, apportant la classique odeur sulfurée accompagnant tous les phénomènes volcaniques. Partout, des poissons morts, ou frétillant encore dans leurs derniers spasmes, flottaient, le ventre à l'air. Demain, Morane ne l'ignorait pas, des centaines de pêcheurs indigènes viendraient sur leurs pirogues recueillir cette friture toute prête.

Et déjà, il imaginait un nouveau plat, dont Vatel lui-même aurait été jaloux : « Poissons au soufre, cuits au bain-marie sur braises de volcan… »

Mais, là-bas, venant des hauteurs dominant l'autre rive du lac, un point grossissait rapidement dans le ciel. Il se changea en un avion de tourisme jaune, qui pointa vers l'aérodrome de la C.M.C.A.

« Voilà ce bon vieux Packart, songea Bob. Il fut le dernier parti – et encore pour l'éloigner, il me fallut user d'un stratagème – et le voilà le premier revenu... »

*
* *

Quand Morane prit pied sur le débarcadère, trois personnes l'y attendaient, et non une seule comme il l'escomptait. Claire Holleman souriait, encadrée par Packart et un autre homme que Bob ne connaissait pas, mais qui devait se révéler être l'administrateur en personne.

Le premier, Packart prit la parole. Il semblait heureux de retrouver son ami en bonne santé.

— En bonne santé ! Pas tant que cela... J'ai des courbatures à faire envie à un champion de catch en train de se reposer des imprévus d'un match au finish. En outre, je pèse quelques grammes de plus... Un pruneau dans l'épaule droite, qu'il faudra extraire si je ne veux pas le voir se mettre à jouer à cache-cache à travers mon anatomie. À part cela, tout s'est bien passé. Le catalyseur, après bien des déboires, il faut l'avouer, a rempli son office à la perfection. Sans lui, nous ne serions pas ici pour l'instant, à nous réjouir.

— Et c'est à vous que nous devons cette fin heureuse, fit l'administrateur. Sans votre courage, les rives du lac ne seraient plus aujourd'hui qu'un désert…

Morane secoua la tête.

— Je suis loin d'être modeste, dit-il. Cependant, il serait injuste que je recueille tous les honneurs du succès. Packart, ici présent, Kreitz, Xaroff et Lawrens, ainsi que les travailleurs de la C.M.C.A. m'ont puissamment secondé. Sans leur collaboration, le catalyseur n'aurait jamais pu être mis au point, et l'Uranium Europe-Afrique aurait gagné la dernière manche de la bataille. Ils ont bien failli la gagner d'ailleurs…

En quelques mots, Morane mit ses compagnons au courant de ses aventures de la veille, de l'attentat de Bruno Sang, de la façon dont il avait trouvé la mort, puis de l'aide providentielle apportée par les Bayabongo.

Il désigna les Noirs assis par groupes à l'ombre des baraques.

— Ce sont eux, dit-il, les vrais vainqueurs de cette bataille. Car, enfin, pourquoi combattions-nous, si ce n'est pour quelques intérêts financiers ? Eux, au contraire, luttèrent pour leur terre ancestrale, la préservation de leurs terrains de chasse, pour tout un passé qu'ils n'ont jamais cessé de chérir. À côté de leur combat, le nôtre ressemble fort à une opération de mercenaires…

— Nous les récompenserons comme ils le méritent, intervint l'administrateur, et je suis certain que, de son côté, la C.M.C.A. saura reconnaître leurs services…

Quand, une heure plus tard, l'administrateur et sa

nièce les eurent quittés, Packart demanda à Morane :

— Bruno Sang a-t-il parlé avant de mourir ?

Morane secoua la tête.

— Il était mort quand je suis arrivé près de lui.

— C'est dommage. Il aurait sans doute eu beaucoup de choses à nous apprendre...

— Que voulez-vous dire ? Est-ce que nous ne connaissons pas toute l'histoire ? L'Uranium Europe-Afrique convoitait les gisements de minerais radioactifs du lac M'Bangi. Bruno Sang travaillait pour l'Uranium Europe-Afrique et était chargé par elle d'organiser les attentats et les sabotages, et André Bernier secondait Bruno Sang. Là s'arrête la chaîne...

— Je suis de votre avis, concéda Packart. La chaîne s'arrête là. Pourtant, dans votre énumération, vous en avez oublié un maillon : celui unissant Bruno Sang à l'Uranium Europe-Afrique. Pendant que vous vous débattiez, cette nuit, j'ai beaucoup pensé, et je suis arrivé à la conclusion que Sang n'était seulement qu'un comparse, que quelqu'un, ici, à Bomba même, représentait le cerveau de l'Uranium Europe-Afrique. Mais qui ? Voilà ce qu'il faudrait savoir...

Morane haussa les épaules, pour dire sur un ton mi-badin, mi-sérieux :

— Vous vous morfondiez, là-haut, dans votre tour d'ivoire et, pour passer le temps, vous avez imaginé d'improbables complications. Vous avez l'imagination trop fertile, mon vieux Jan...

— L'imagination trop fertile, moi ? Au contraire, jamais personne n'a été plus ancré dans la réalité... Non, si je formule ces suppositions, c'est après y avoir mûrement réfléchi, croyez-moi. André Bernier est peut-être mort et, avec lui, Bruno Sang. Mais l'affaire ne s'arrête sans doute pas là. Si j'étais vous, Bob, je surveillerais mes arrières.

— D'accord, dit Bob. Mais, pour le moment, je m'en vais prendre un repos bien mérité. Vous veillerez à mon chevet pour que le grand méchant loup de l'Uranium Europe-Afrique ne vienne pas m'assassiner pendant mon sommeil. Mais, surtout, ne vous avisez pas de me chanter une berceuse. Je déteste entendre le bruit d'une girouette rouillée tournant dans le vent...

16

Lentement Bomba reprenait son aspect coutumier. À présent que l'éruption avait pris fin et que les laves s'étaient figées, tout le monde regagnait son foyer. Les administrations locales se remettaient à fonctionner, et tout laissait prévoir que, dans quelques jours, le souvenir même de la grande peur éprouvée serait effacé.

Assis à la fenêtre de sa chambre de l'hôtel Centre-Afrique, Morane, dont la blessure était en voie de guérison, admirait le spectacle bigarré de la rue, avec ses bœufs à large encornure traînant de lourds chars, ses guerriers noirs en armes descendant des collines avec une majesté sereine pour regagner leurs savanes, ses marchands hindous, ses officiers de la force publique en shorts kakis... Le tout accompagné de cris, de mugissements, des voix rapides des Noirs commentant les faits du jour dans leur incompréhensible jargon.

Bob se détendit à la façon d'un chat paresseux. Dans quelques jours, il allait quitter Bomba, où sa mission était à présent terminée. Il venait en effet de recevoir un télégramme de Jacques Lamertin, dans lequel celui-ci annonçait que le contrat liant la C.M.C.A. et l'administration du Centre-Afrique venait d'être renouvelé. Le télégramme se terminait ainsi :

« Si vous voulez demeurer au service de la Compagnie, faites-le-moi savoir. Stop. Saurai vous prouver ma reconnaissance. Stop. Lamertin. »

Morane sourit. Il ne resterait pas au service de la Compagnie. Celle-ci s'en tirerait bien sans lui, et lui sans elle. Une grande partie du personnel dirigeant avait été déplacée et certains de ses membres, dont le directeur, avaient déjà regagné l'Europe. Sans doute Lamertin avait-il songé à lui, Bob Morane, pour occuper quelque poste important, mais il se voyait mal buvant des whiskies-soda à longueur de journée, attrapant une maladie de foie et s'encroûtant dans les routines. La C.M.C.A. avait été un passage, mouvementé comme tant d'autres, de son existence. Il s'y était fait des amis, et c'était là sa plus belle récompense, car rien comme l'amitié n'enrichit un homme. Et Morane était un homme riche à présent.

On frappa à la porte. Bob cria d'entrer, et Packart entra. Le savant avait revêtu un impeccable complet blanc dans lequel il ne paraissait guère se sentir à l'aise.

— Je vous avais dit de fermer votre porte à clé, mon vieux, fit-il avec un accent de reproche dans la voix. On ne sait jamais ce qui peut arriver.

Morane se mit à rire doucement, comme pour se moquer.

— Toujours votre histoire de grand méchant loup de l'Uranium Europe-Afrique qui se promène en liberté dans le paysage et dont le seul but est de me régler mon compte, hein ? Allons, détendez-vous, Jan. L'affaire est finie, et bien finie...

— Croyez-vous que l'Uranium Europe-Afrique va se résoudre ainsi à perdre les gisements de minerais radioactifs du lac M'Bangi ?

— Les perdre, fit Morane en haussant les épaules. Comment voulez-vous qu'elle puisse les perdre sans jamais les avoir possédés ? D'ailleurs, à présent, c'est sans doute la C.M.C.A. qui va s'occuper de leur exploitation. L'Uranium Europe-Afrique, voyant la partie définitivement perdue, ne va guère s'entêter.

— Le Ciel vous entende, Bob !... Mais je demeure persuadé qu'une troisième personne, ici, à Bomba, travaillait pour nos adversaires. Peut-être même était-ce le grand patron de l'Uranium Europe-Afrique lui-même. Plus j'y réfléchis, plus je pense que l'affaire était d'une importance trop grande pour qu'on la confie à de simples comparses...

Morane se leva et alla frapper sur l'épaule du savant.

— Ne réfléchissez pas trop, mon vieux. Vous pourriez mourir jeune. À propos, comment se porte votre usine ?

— Nous l'avons remise en état. Elle fonctionne à présent et commence à produire du méthane...

Une moue d'amertume apparut sur les traits de Bob.

— Et je ne serai pas là pour apprécier les bienfaits

que votre succès va apporter à la région. Les cheminées d'usines faisant concurrence au panache du Kalima, les produits chimiques venant polluer les eaux du lac. Et dire que j'aurai été un des artisans de cette victoire. Une belle victoire, en vérité. Celle de l'homme fourmi sur la nature souveraine.

— Allons, coupa le savant, ne vous abandonnez pas encore à votre mauvaise humeur. Essayez d'avoir la mine réjouie. Nous dînons à la Résidence, ce soir…

*
* *

Le moment du départ était venu. L'avion de tourisme jaune attendait sur la piste de l'aérodrome afin de conduire Morane à Entebbe, d'où il s'envolerait pour l'Europe.

Claire Holleman, son oncle et le personnel de la C.M.C.A. étaient venus faire leurs adieux à Morane. Ce dernier détestait d'ailleurs les adieux. Il ne fallait pas marquer ainsi de brisure nette entre les différents événements de la vie, qui ne faisait toujours que se continuer, d'un épisode à l'autre…

Packart avait déjà pris place au poste de pilotage, et le moteur s'était mis à tourner. Les voix se perdaient à présent dans ses vrombissements. Morane pénétra à son tour dans l'appareil et en referma la porte derrière lui. Des mains s'agitèrent. L'avion se mit à rouler doucement, puis plus vite.

Ses roues quittèrent le sol et il fila en plein ciel, vers le sommet fumant du Kalima.

Lorsqu'ils passèrent au-dessus du cratère, au bord duquel le magma en fusion rougeoyait encore, Morane se sentit ému. Il regretterait le volcan, ce terrible ennemi qui avait failli le vaincre. Des yeux, il chercha la Griffe de Feu, mais la redoutable coulée n'était plus maintenant qu'un réseau de veines grisâtres sur le vert sale de la brousse. Partout les volcans éteints érigeaient leurs cônes, faisant penser, vus de haut, à quelque lèpre monstrueuse ayant frappé la Terre. C'était seulement au moment de quitter la région que Bob se mettait à apprécier sa sauvage grandeur.

— Voulez-vous prendre les commandes ? demanda Packart.

Morane secoua la tête.

— Pas question dit-il. Une fois déjà, vous m'avez fait cette offre. Je l'ai acceptée et aussitôt quelqu'un – Bruno Sang, pour l'appeler par son nom – s'est mis à nous tirer dessus avec une mitrailleuse. Continuez à piloter. J'ai l'habitude d'attirer la foudre.

— Je croyais que vous ne croyiez plus au danger, fit remarquer le savant. D'après vous, l'Uranium Europe-Afrique aurait complètement désarmé.

— Je ne parlais pas de ce danger-là.

— J'en parle encore, si vous le permettez. Car, enfin, avez-vous une idée de ce qu'est l'Uranium Europe-Afrique ?

Bob secoua la tête. À vrai dire, il ne se l'était jamais demandé, et il ne s'en souciait guère. Mais Packart continuait :

— C'est une Compagnie née tout de suite après la

guerre, et dont personne n'est jamais parvenu à connaître exactement les tenants et les aboutissants. Qui la dirige ? Selon les apparences, un comité d'actionnaires, tous gens honnêtes et connus qui ne peuvent, en principe, avoir permis les différents crimes commis à Bomba ces derniers temps. Il faut donc supposer que quelqu'un d'autre tient les commandes tout en demeurant dans l'ombre. Un personnage qui n'est guère étouffé par les scrupules…

— De quoi aurait-il l'air, à votre avis, puisque vous semblez si bien renseigné ?

— Il doit être comme vous et moi. Qu'est-ce que vous pensez ? Qu'il possède deux cornes et une queue fourchue ? S'il en était ainsi, il ne serait guère difficile à découvrir. Quant à être bien renseigné, je voudrais l'être davantage. Je pourrais alors vous indiquer d'où vient le danger.

— Je vous l'ai déjà dit, mon vieux Jan. Il vient de vous-même. Vous avez trop d'imagination. Un de ces jours, vous vous mettrez à écrire des romans et tout le monde sera surpris… sauf moi.

Le silence tomba entre les deux hommes. Un silence seulement troublé par les vrombissements du moteur. Sous l'appareil, la jungle se déroulait, tel un tapis magique, avec ses savanes, ses plateaux, ses forêts et ses troupeaux d'éléphants, de zèbres et d'antilopes qui fuyaient devant l'ombre du grand oiseau sonore.

Là-bas, derrière une succession de collines, Entebbe se dissimulait. Entebbe qui, pour Morane, marquerait la fin de l'aventure.

17

Paris luisait sous un premier soleil de printemps quand Morane y débarqua, à la gare aérienne des Invalides. Tout de suite, en posant le pied sur le terre-plein extérieur, il remarqua la Rolls Royce bleu d'acier et « longue comme un transatlantique ». Un chauffeur en livrée en descendit et s'approcha de lui.

— Êtes-vous bien monsieur Robert Morane ? demanda-t-il.

— C'est moi, dit Bob.

— Monsieur Jacques Lamertin m'a commandé de venir vous prendre et de vous conduire auprès de lui.

— Comme ça ? demanda Bob. Sans me laisser le temps de passer chez moi ?

— Je ne discute jamais les ordres de monsieur Lamertin, monsieur...

Morane haussa les épaules.

— J'ai été absent pendant plusieurs semaines de chez moi. Quelques heures de plus ou de moins ne feront rien à l'affaire. D'ailleurs, mon « chez moi » n'a pas l'habitude de me voir souvent...

Il se pencha vers le chauffeur et le dévisagea.

— Ce n'est pas vous qui voilà deux mois, étiez au service de monsieur Lamertin ?

L'homme secoua la tête.

— C'était mon cousin. Il est en congé pour le moment, et je le remplace pour quelques jours...

— Votre cousin était un fameux gaillard remarqua Morane. Sa livrée vous flotte sur les épaules...

— Les vêtements amples sont à la mode, de nos jours, fit le chauffeur avec un sourire.

— Bien sûr, dit Morane. Et, quand la mode parle...

Il était monté dans la Rolls. Celle-ci contournant les bâtiments de la gare, s'engagea sur le Pont Alexandre et fila en direction des Champs-Élysées. Vingt minutes plus tard, elle atteignait le quartier du Bois et pénétrait dans la rue habituellement déserte où résidait Lamertin...

La grande porte noire bardée de bronze était ouverte. L'auto pénétra dans la cour dallée et s'immobilisa entre la fontaine et le perron, toujours gardé par ses chiens de pagode en faïence bleue, conduisant au « jardin d'hiver ».

Rapidement, Morane gravit les quelques marches et, traversant la grande serre toujours encombrée de ses plantes tropicales et peuplée de sa faune d'oiseaux-mouches et de perroquets, il gagna le bureau de Lamertin. La porte en était close. Il frappa et une voix, venant de l'intérieur cria :

— Entrez, monsieur Morane.

Bob s'apprêtait à obéir, quand il sursauta. Cette voix, là, de l'autre côté de la porte, n'était pas celle de Lamertin. Et pourtant c'était une voix connue, une voix que, déjà, il avait entendu prononcer ces deux mots, « Monsieur Morane », de la même façon. Mais où l'avait-il entendue ? Il n'eut guère le loisir de se le demander davantage, car quelqu'un parla derrière lui.

— Entrez, puisqu'on vous le dit !

Le ton était menaçant. Morane tourna la tête, pour apercevoir le chauffeur qui, debout à quelques mètres en arrière braquait un revolver dans sa direction.

Persuadé de l'inutilité de toute résistance, Bob pénétra docilement dans le bureau. Près de la table monumentale Jacques Lamertin était assis dans son fauteuil roulant. Son visage bronzé et couturé de vieux lutteur reflétait la colère. En face de lui, un homme se tenait debout. Roux, de haute taille, il montrait un visage jaunâtre d'hépatique et ses yeux étaient protégés par des lunettes cerclées d'or, aux verres globuleux. Déjà Bob avait reconnu en lui l'ex-directeur de la C.M.C.A., rencontré à deux reprises à Bomba, la première fois lors de la mémorable séance au cours de laquelle Morane avait imposé sa volonté aux grosses légumes, la seconde à la suite de sa convocation aux bureaux de la Compagnie, lorsque la rumeur sur le dégagement possible de gaz nocifs avait commencé à se répandre.

L'homme au teint d'hépatique s'était mis à rire quand Morane avait pénétré dans la pièce.

— Nous voilà donc tous réunis, fit-il d'une voix sarcastique. Le grand Jacques Lamertin et le célèbre commandant Morane d'une part et, moi, Louis Van Dorf, ex-directeur africain de la C.M.C.A. et inventeur de l'Uranium Europe-Afrique de l'autre.

Morane pensa alors aux paroles de Packart. Celui-ci ne lui avait-il pas déclaré en effet : « Je demeure persuadé qu'une troisième personne ici, à Bomba, travaillait pour nos adversaires. Peut-être même était-ce le grand patron de l'Uranium Europe-Afrique lui-même. » Et dire qu'il avait accusé Packart de s'abandonner trop aisément aux délires de l'imagination, alors qu'il possédait tout simplement le sens de la double vue !...

— Vous ne comprenez sans doute pas, continuait Van Dorf, comment je pouvais à la fois appartenir à la C.M.C.A. et diriger l'Uranium Europe-Afrique. Sans doute ne comprenez-vous pas non plus le sens du mot « inventeur », employé en cette circonstance...

« À vrai dire, j'appartenais depuis longtemps à la première de ces compagnies, alors que la seconde n'existait pas encore. Ce fut après la guerre seulement, quand j'eus la certitude de l'existence de minerais radioactifs dans la région du lac M'Bangi que j'eus l'idée de fonder, dans le plus grand secret l'Uranium Europe-Afrique. Les membres du conseil d'administration me servaient uniquement de camouflage car, en réalité, j'étais seul à tirer les ficelles. J'avais conçu le projet de couler la C.M.C.A. et d'installer ma nouvelle société à sa place. Mais, pour cela, il me fallait attendre que le contrat arrivât à échéance...

« Il y a quelques mois, la situation se présentait

donc de cette façon : d'un côté, la C.M.C.A., compagnie puissante et bien organisée, ayant la mainmise sur tout le Centre Afrique ; de l'autre, l'Uranium Europe-Afrique, société fantôme ! Mais j'étais en bonne position pour faire de cette société fantôme un des organismes miniers les plus puissants d'Afrique...

« Quand je jugeai le moment venu, je déclenchai l'offensive, aidé en cela par Bruno Sang. Je n'approuvais guère ses méthodes mais, à présent, je me rends compte qu'elles étaient les seules efficaces.

« Mon plan était de mettre la C.M.C.A. en mauvaise posture au moment même où son contrat devait être prolongé. Devant la situation désastreuse, l'administration du Centre Afrique devait fatalement hésiter à consentir cette prolongation. Je me proposais d'intriguer alors pour que la concession soit endossée à l'Uranium Europe-Afrique.

« La série de sabotages et d'intimidations avait commencé quand Lamertin, pour une raison demeurant obscure, décida de vous envoyer, vous, Bob Morane, jouer les redresseurs de torts à Bomba. Au début, nous tentâmes de vous éliminer mais, par la suite, le Kalima s'étant mis de la partie, nous y renonçâmes, comptant sur le volcan pour avoir raison de vous et de la C.M.C.A. en même temps...

Morane se mit à rire et interrompit Van Dorf.

— Une fois de plus, vous vous êtes trompé, dit-il. Bob Morane a eu raison du volcan, a sauvé Bomba de la catastrophe et a permis à la C.M.C.A. d'obtenir le renouvellement de son contrat !...

— C'est cela tout juste, commandant Morane. Mais, à ce moment-là, vous avez commis l'erreur de croire toute l'affaire définitivement terminée. Vous vous trompiez car, rentré en France, je préparai aussitôt ma revanche. Je payai grassement les domestiques de Lamertin pour les écarter de chez lui et m'y introduire ensuite, accompagné d'un camarade. Vous deviez rentrer d'Afrique ce même jour. Aujourd'hui donc, mon ami ayant revêtu l'uniforme du chauffeur de Lamertin, alla vous prendre à votre descente d'avion, et le tour était joué. Mes deux principaux ennemis se trouvaient en mon pouvoir.

— À quoi cela va-t-il vous avancer ? demanda Lamertin. Seulement à satisfaire une basse vengeance...

De la tête, Van Dorf eut un signe de dénégation.

— Non, pas seulement à cela. Mon plan est en réalité tout autre. Vous, Lamertin, vous allez m'endosser, sur papier timbré et antidaté, votre poste de commandement à la C.M.C.A. Vous êtes tout-puissant, et votre signature, contresignée par deux témoins, fera loi. Mon ami ici présent et monsieur Morane serviront de témoins...

— Vous seriez bien avancé, remarqua Lamertin en haussant les épaules. Tout d'abord, un tel acte doit être passé devant notaire. D'autre part, dès que la contrainte aura cessé, je m'empresserai de désavouer ma signature...

— Ne soyez pas aussi optimiste. Tout d'abord, avec de l'argent, et j'ai derrière moi celui des actionnaires de l'Uranium Europe-Afrique, on peut acheter n'importe quoi, même les services d'un notaire véreux. Quant à vous rétracter, cela vous sera impossible. Tout à l'heure, cette maison brûlera, et vous périrez dans l'incendie. Quant à monsieur Morane, on retrouvera son corps, dans quelques jours, au fond d'une carrière...

Une expression de désarroi total se peignit soudain sur les traits de Lamertin, et sa main gauche fut saisie d'un tremblement convulsif.

— Écoutez, Van Dorf, fit-il. Je signerai tout ce que vous voudrez et vous pourrez me tuer ensuite. Je suis assez vieux pour mourir... Mais épargnez Morane. Il est seul, lui, et je l'ai entraîné dans toute cette histoire...

Van Dorf tira une feuille de papier de sa poche, la déplia et l'étala sur le coin du bureau. En même temps, il tendait un stylo à Lamertin.

— Signez, dit-il.

Lamertin prit le stylo et, en même temps, leva des yeux interrogateurs sur Van Dorf.

— Morane aura-t-il la vie sauve ?

— Il l'aura...

La main de Lamertin s'abaissa vers le papier. D'un coup d'œil, Bob jugea la situation. Le chauffeur, placé près de la porte, tenait toute la pièce sous le feu de son revolver. Avant d'avoir fait un seul pas, Morane aurait reçu une balle dans la poitrine. Pourtant, tout en Bob se révoltait devant cet odieux chantage.

— Ne signez pas ! cria-t-il soudain à l'adresse de

Lamertin. Ne signez pas !...

Lamertin releva la tête de façon interrogative.

— Mais vous ne vous rendez pas compte qu'ils ne tiendront pas parole ? fit Morane. Quand vous aurez signé, ces bandits me feront quand même passer le goût de la vie. Je serais un témoin trop gênant pour qu'ils m'épargnent. Alors, mourir pour mourir, j'aime autant y passer sans qu'ils aient leur fichue signature.

Le vieillard se redressa soudain. Il saisit le papier et le déchira en menus morceaux.

Un cri de rage échappa à Van Dorf. Il se précipita sur l'infirme et, à toute volée, le gifla. Alors, une sorte de rauquement sauvage retentit. La fenêtre donnant sur le jardin d'hiver vola en éclats, et une masse fauve, tachée de noir bondit à travers la pièce, pour retomber sur les épaules de Van Dorf. Il y eut un tourbillon forcené, des cris d'épouvante et des rugissements de colère mêlés, puis se fut tout. Poucette se redressa de dessus le corps inanimé de Van Dorf. Un grondement s'échappait de sa gueule ouverte.

À présent, le léopard s'était tourné vers le chauffeur, qui n'avait pas osé tirer de peur d'atteindre son chef et qui manifestait des signes évidents d'épouvante.

— Retenez votre sale animal, cria-t-il en braquant son arme dans la direction du fauve. Retenez-le, ou bien...

Il allait tirer. Sur un guéridon, à portée de la main de Morane, se trouvait une lourde statuette nègre, en ébène massif. Morane la saisit et la lança en direction du pseudo-chauffeur. Celui-ci, atteint à l'épaule, lâcha le revolver, trébucha, tenta de se redresser, mais déjà Bob s'était précipité sur lui et lui administrait une solide correction.

L'homme tomba assis dans un coin de la pièce, peu soucieux, semblait-il, de servir à nouveau de cible aux poings vigoureux de Morane. Celui-ci se tourna alors vers le léopard.

— Viens, Poucette, dit-il... Surveille ce vilain monsieur, et s'il fait mine de bouger, couic !

Poucette porta ses grands yeux d'or sur Morane, puis sur le bandit et, dans un grognement menaçant, elle découvrit une double herse de crocs blancs comme l'ivoire.

Morane marcha alors vers le bureau, décrocha le téléphone et appela la préfecture de police.

*
* *

La nuit était tombée. Dans le bureau de Jacques Lamertin, après le départ de la police, Morane et l'infirme demeuraient seuls, en compagnie de Poucette. Le corps de Van Dorf avait été emporté et le faux chauffeur emmené sous bonne garde. Cette fois, Morane s'en rendait compte, l'aventure se terminait, et il allait devoir tirer un trait. Lamertin parut saisir sa pensée.

— Voilà une affaire liquidée, dit-il. Grâce à vous, la C.M.C.A. est de nouveau à flot.

— Grâce à moi et à Poucette, fit Morane. On peut dire qu'elle possède un fameux coup de mâchoire...

Le léopard avait posé la tête sur les genoux de son maître et ronronnait à faire croire à l'envol général de la septième flotte aérienne.

— Vous n'avez pas peur qu'après ce qui vient de se passer, elle ne prenne le goût du sang ? demanda Morane en désignant le fauve.

Lamertin se mit à rire.

— Le goût du sang, Poucette ? Voilà deux ans que j'essaye de lui faire manger de la viande, crue ou cuite. Et pensez-vous qu'elle y touche ? Pas du tout. Du pain, du sucre, des pâtes, du porridge, voilà tout ce qu'elle mange, et du lait, beaucoup de lait, des litres de lait, comme un gros chat... Le goût du sang, ma Poucette ! Est-ce qu'un chien de garde prend le goût du sang quand il défend son maître ?

Il y eut un silence entre les deux hommes, puis Lamertin demanda :

— Pourquoi ne pas rester au service de la Compagnie ? Vous seriez largement rétribué et j'ai besoin là-bas d'un homme de votre trempe...

Bob secoua la tête.

— Non, dit-il. La C.M.C.A. m'intéressait quand tout cela allait mal. Ah, s'il y avait encore une Griffe de Feu à vaincre ! Mais, maintenant, toutes les précautions vont être prises et, plus jamais, une coulée n'atteindra le lac sans déclencher aussitôt l'action d'un catalyseur perfectionné. Non, à présent, il ferait trop calme pour moi, à Bomba. Et puis, trop de choses m'appellent encore par le vaste monde.

D'ailleurs pourquoi ne partez-vous pas là-bas vous-même, au lieu de demeurer cloîtré ici, dans ce bureau sombre, avec cette forêt vierge de pacotille dans votre dos ? Vous venez de me dire qu'à Bomba on avait besoin d'un homme de ma trempe. On y a surtout besoin d'un de la vôtre... Et la chaise roulante ne change rien à l'affaire. Seule la tête compte...

Pendant un long moment, Lamertin parut plongé dans ses pensées.

Finalement, il sembla se détendre.

— Vous avez raison, dit-il, je partirai à Bomba. Depuis longtemps j'y pense, mais sans parvenir à me décider. Vous venez de me convaincre... Ils ont besoin de moi là-bas...

Un quart d'heure plus tard, Morane se retrouva dans la rue. Avec la venue de l'obscurité, le froid était tombé et il se mit à grelotter dans son trench, trop léger pour la saison. Il revenait des tropiques, et il se sentit seul dans la fraîcheur des nuits européennes. Seul et un peu désemparé.

Il ne le demeura pas longtemps. Il songea aux amis qu'il s'était faits par le monde. Ballantine, Frank Reeves, Aristide Clairembart, Alejandro Rias, Wénéga, le chef des Bayabongo, Packart, Lamertin et tant d'autres.

Morane avançait seul dans cette rue déserte, et pourtant ils marchaient tous à ses côtés.

FIN

Quand Le Volcan Est En Colère

Le 5 mai 1851, la ville de Saint-Pierre, à La Martinique, préparait fiévreusement ses élections. Le petit port qui, depuis plus d'un demi-siècle, vivait tranquillement au pied de la Montagne Pelée ignorait que le volcan ami, témoin de son existence heureuse et insouciante, allait dans un accès de fureur se transformer en un implacable ennemi.

En effet, depuis quelques jours la montagne s'était mise à fumer, les animaux visiblement inquiets désertaient les pentes voisines du cratère, une légère pluie de cendres s'étendait sur la ville et ce matin-là, une coulée de lave dévalait les pentes et tuait 24 personnes.

Effrayés, les habitants veulent prendre la fuite, mais les autorités, désireuses de conserver leurs électeurs, commettent la folie de placarder des avis rassurants fondés sur l'opinion d'une soi-disant « Commission scientifique ». Et pourtant le drame approche. Pendant trois jours, laves et cendres deviennent de plus en plus menaçantes, des détonations formidables retentissent. Cette fois l'angoisse saisit la population qui se terre dans les caves et les églises ; quelques personnes quittent la ville en voiture ou s'embarquent pour Fort-de-France, mais le calme renaît et les élections redeviennent le souci dominant de chacun. Pas pour longtemps cependant, la nuit du 7 au 8 mai voit le cataclysme croître avec une violence terrifiante.

Cette fois c'est la panique ; quarante mille personnes se ruent vers le port et s'efforcent de monter à bord des quelque vingt bateaux qui s'y trouvent. Soudain, peu avant 8 heures, un silence étrange règne pendant quelques instants puis, dans un fracas de Jugement Dernier, la montagne éclate littéralement, une mer de feu court vers la ville à une vitesse prodigieuse, en trois secondes Saint-Pierre et ses malheureux habitants disparaissent dans la fournaise. Quelques secondes encore et l'eau du port devenue bouillante flambe et coule tous les navires à l'exception de deux cargos qui échappent par miracle au naufrage.

En ces quelques minutes tragiques, tous les habitants ont péri, seul un vieux nègre enfermé dans le souterrain de la prison échappe à la catastrophe.

Pourquoi Un Volcan Endormi Se Réveille-T-Il ?

Dans le cas de la ville de Saint-Pierre, la Montagne Pelée appartient à une catégorie de volcans qui dorment pendant des années pour se réveiller brusquement. À quoi attribue-t-on ce phénomène ? Il semble bien que la composition chimique de la lave en soit responsable. En effet, cette lave est très visqueuse ; elle s'étend donc peu et se fige rapidement, empêchant ainsi les gaz de se dégager à mesure. Aussi ces gaz s'accumulent-ils sous des pressions inimaginables jusqu'au moment où le volcan cède et s'ouvre en une formidable explosion. Il existe une autre catégorie d'éruptions où la lave étant au contraire extrêmement fluide, s'étend rapidement sous forme de véritables fleuves de feu. Une des éruptions les plus caractéristiques de ce genre est celle que l'Islande a subie de 1783 à 1785. En effet, pendant deux années, cette malheureuse contrée fut recouverte par une quantité prodigieuse de lave qui devait ruiner et affamer les survivants de la catastrophe.

Les Types De Volcans.

Si les éruptions sont différentes, les volcans eux-mêmes appartiennent à des catégories bien définies. Les deux plus grandes sont : les volcans « actifs » et les volcans « éteints ».

Il est relativement facile de classer un volcan dans la première catégorie, mais il est beaucoup moins aisé d'avoir l'assurance qu'un volcan est réellement « mort » surtout s'il est situé dans une région active. Il y a beau temps que la tragédie de Pompéi nous a appris à nous méfier de ces sommeils trompeurs aux terribles réveils !

Quant aux volcans dont la seule activité se borne à des émissions de gaz appelées fumerolles, on les classe dans la catégorie des volcans « dormants » ou « en repos ». En voici quelques-uns parmi les plus importants : le Nyamlagira du Kivu qui dort depuis dix ans, le Vésuve qui est en repos depuis son éruption de 1944, l'Hekla depuis celle de 1947 et la Montagne Pelée (encore elle !) depuis 1929.

D'autres volcans au contraire semblent ne jamais vouloir se reposer. Ainsi le Stromboli dont le cratère contient sans cesse de la lave en fusion et dont les explosions se succèdent avec quelques minutes d'intervalle seulement.

D'autres volcans encore, dénommés « hawaïens » cachent au fond de leur vaste cratère cylindrique un véritable lac de lave vive. Ce lac s'agite, monte et descend, forme de violents bouillonnements qui atteignent souvent des dizaines de mètres. Il arrive parfois que le niveau du lac s'élevant considérablement, la lave déborde ou encore les parois du cratère craquent et la lave s'échappe en torrents vers les pentes extérieures. Ce genre d'éruptions est appelé « éruption effusive ».

Et Dans L'eau...

Mais il n'y a pas que des volcans terrestres, il existe aussi d'innombrables volcans sous-marins. En effet, les eaux recouvrant les trois quarts de la surface de notre planète, et les phénomènes volcaniques pouvant se manifester sur un point quelconque, il est à présumer que les volcans sous-marins, parsemés au fond de l'océan et des mers intérieures, sont en plus grand nombre que les volcans terrestres. Le hasard seul a permis à des navigateurs d'observer des éruptions de ces volcans. Des observations recueillies, on a pu conclure que ces volcans sous-marins présentent la plus grande analogie, dans leurs manifestations, avec ceux de la terre ferme, malgré l'énorme différence qui existe entre la densité de l'eau et celle de l'air. Si les forces souterraines entrouvrent le lit de l'Océan en un point situé au-dessous d'une couche d'eau de plusieurs milliers de mètres d'épaisseur, les phénomènes suivants accompagnent l'éruption : au moment de la rupture, les vapeurs brûlantes contrebalancent l'énorme pression qu'exerce sur elles la colonne d'eau qui les surmonte, et elles s'élancent vers l'atmosphère ; mais énergiquement comprimées et refroidies par la masse d'eau qui les entoure, elles abandonnent leur calorique au liquide ambiant, se condensent et se dissolvent. La condensation subite de ces immenses bulles gazeuses et les trépidations du fond impriment à l'eau des mouvements violents qui se propagent jusqu'au niveau supérieur. Les matériaux pesants qui sont rejetés s'entassent autour de l'orifice, les scories légères s'élèvent rapidement et viennent flotter à la surface, les fragments finement triturés restent en suspension dans l'eau agitée, et la lave fortement comprimée, apparaît sans bouillonner et se déverse sur le fond de l'Océan. Ces éruptions profondes se traduisent jusqu'à la surface. Les navigateurs surpris par ces éruptions racontèrent avoir entendu de sourdes rumeurs qui s'élevaient du fond de l'abîme tandis que l'eau bouillonnait et mugissait bien que le plus grand calme régnait dans l'atmosphère. Tous signalent que des vapeurs sulfureuses se dégageaient des eaux et la coloraient et que des amas de scories ponces surnageaient sur l'eau dont la température s'élevait de plusieurs degrés. Quant aux navires, ils étaient secoués d'importance « comme s'ils talonnaient » racontent les témoins.

Mais il arrive que les volcans situés à des profondeurs médiocres, permettent d'observer directement tous les phénomènes de l'éruption. Le spectacle est alors vraiment prodigieux : l'eau est soulevée avec furie ; les fluides élastiques la refoulent même complètement, et des jets de scories étincelantes et des blocs de rochers, accompagnés d'un torrent de vapeurs chargé de cendres, s'élèvent du sein des flots ; de temps à autre, le poids du liquide fait équilibre à la force d'explosion, puis les forces souterraines triomphent de nouveau, entrouvrent les vagues, et une nouvelle gerbe de feu vient s'épanouir dans l'atmosphère pour retomber de nouveau à la mer, et ainsi de suite. L'eau, déjà fortement échauffée, bout avec violence lorsque la lave s'épanche en grandes coulées. L'élévation de la température, les phénomènes électriques, le dégagement des gaz délétères font périr les animaux marins qui se trouvent dans la sphère d'activité du volcan ; de grands bancs de poissons morts viennent flotter à la surface. Le calme s'étant rétabli, si l'on approche du lieu de l'éruption, on reconnaît la présence soit d'un haut fond, soit d'un îlot de scories et de cendres qui disparaît bientôt, miné et dispersé par les courants marins. Très rarement, l'îlot de nouvelle formation est, en partie, constitué par des coulées de lave, et son existence est alors moins éphémère. Les éruptions volcaniques peuvent se renouveler fréquemment et durer des mois et des années. Les cônes immergés gagnent alors sans cesse et bientôt atteignent la surface de l'eau et la dépassent ; dès lors, leurs éruptions sont identiques à celles des volcans terrestres, et ils deviennent ainsi le noyau d'îles volcaniques dont la superficie et la hauteur s'accroissent sans cesse.

La Lune A-T-Elle Aussi Ses Volcans ?

Les télescopes et les procédés photographiques dont on dispose aujourd'hui nous permettent de saisir quelques traits de la constitution de la lune. La surface de notre satellite est parsemée d'un très grand nombre de montagnes ayant presque toutes la forme d'un bourrelet circulaire, au milieu duquel existe une cavité. Le grand astronome français Laplace y voyait des traces évidentes d'éruptions volcaniques. Il ajoutait que la formation de nouvelles taches et les étincelles observées plusieurs fois dans la partie obscure indiquent même des volcans en activité. C'est à eux qu'il attribuait les aérolithes qui viennent de temps en temps se précipiter sur notre globe. De nouvelles recherches ont considérablement modifié ces idées. On croit pouvoir attribuer la vie des étincelles à des illusions d'optique. Les contours des terres lunaires, dessinés avec le plus grand soin par les astronomes et photographiés même, ne paraissent nullement changer, et une théorie des aérolithes différente de celle de Laplace prévaut aujourd'hui. Mais si des éruptions récentes ne peuvent être constatées sur la lune, nous trouvons des preuves nombreuses de l'existence d'une époque où la réaction de l'intérieur de cet astre sur sa croûte superficielle a été extrêmement violente. Quand on compare les reliefs des terrains sur la terre et sur la lune, on est surpris du manque de proportionnalité entre les montagnes ; elles sont relativement beaucoup plus hautes que sur notre planète, et l'on en compte vingt-deux qui dépassent l'altitude du Mont Blanc (4.800 m) ; la montagne appelée Dœfel dépasse 7.603 m de hauteur, 200 m de moins que le pic le plus élevé de l'Himalaya. Cette extension des aspérités paraît en rapport avec la diminution de la pesanteur qu'on trouve, par le calcul, six fois moindre sur la lune que sur la terre. Pour bien voir les cavités, il faut choisir l'instant de l'observation à l'époque du premier ou du dernier quartier. On est aussitôt frappé de l'idée d'une parfaite analogie entre ces formations lunaires et nos formations volcaniques terrestres. Les flancs de la protubérance rejoignent la plaine par une pente modérée, tandis que l'escarpement intérieur est extrêmement abrupt. Dans la partie centrale du fond, on aperçoit le plus souvent des éminences, qui représentent très bien les petits cônes volcaniques. Les cratères sont excessivement nombreux ; on en compte plus de deux mille sur la surface visible de l'astre.

Peut-On Prévoir Les Éruptions ?

Certes, l'homme ne peut pas plus s'opposer à une éruption volcanique qu'il ne peut espérer enrayer un tremblement de terre ou un raz-de-marée, mais il n'est cependant pas dans sa nature de s'incliner avec fatalisme devant les caprices de la nature.

Il a d'ailleurs actuellement, pour lutter contre les volcans, deux armes efficaces : ses connaissances scientifiques qui lui permettent de « prévoir » les éruptions et ses possibilités de plus en plus grandes de... fuites rapides.

Depuis de nombreuses années les procédés d'investigation fournis par la physique et la chimie, les instruments de plus en plus perfectionnés permettent de prévoir les éruptions. Sismographes, microphones, spectroscopes, balances magnétiques, etc., permettent de surveiller de près les activités d'un volcan et de pronostiquer l'intensité de ses sursauts.

Un cataclysme est-il prévu, l'aviation fournit le moyen idéal d'évacuation rapide des populations menacées.

Déjà en 1916, aux Îles de la Sonde, la Hollande avait donné à un observatoire la mission de surveiller le dangereux volcan Idjen. Tout un système d'alerte et d'évacuation était prévu pour protéger les planteurs européens et les indigènes.

Le Smérou est désormais bordé d'une chaîne de surveillance reliée par téléphone aux vallées voisines.

La surveillance du Méropi est peut-être une des plus difficiles. En effet, ce volcan étant presque continuellement secoué par des éruptions terribles, les observateurs doivent pouvoir se mettre à l'abri de ses accès de fureur. On creusa donc un abri souterrain absolument hermétique et pourvu de bonbonnes d'oxygène. Un sismographe y est installé et transmet ses observations par téléphone à la vallée. Grâce à cela, chaque éruption importante est prévue et la population avertie évacue en temps utile.

Faut-il dire que le métier d'observateur pour palpitant qu'il soit est loin d'être de tout repos ! Il faut pour ausculter les cratères, les fumerolles et les laves en fusion non seulement un courage à toute épreuve mais aussi une ardente soif de « savoir ». Dieu merci, il ne manque pas d'hommes de cette trempe !

Parmi ceux qui l'ont fait, on retiendra surtout le nom de Haroun Tazieff dont le livre « Cratères en feu » (Éditions Arthand) passionnera tous les amateurs de récits d'aventures vécues.

Les Grands Volcans Du Monde

On compte environ 430 volcans (275 dans l'hémisphère Nord et 155 dans le Sud) dont les éruptions ont été enregistrées à des époques historiques. Sur les 2.500 éruptions enregistrées, plus de 2.000 ont été observées dans l'Océan Pacifique. Parmi les volcans actifs connus, 80 sont du type sous-marin.

ZONE ATLANTIQUE-OCÉAN INDIEN
RÉGION MÉDITERRANÉENNE

Italie : le Vésuve, à 8 km au sud-est de Naples (1.200 m). Seul volcan en activité dans le continent européen. En 79, une éruption ensevelit la ville de Pompéi. Dernière éruption en 1944.

Sicile : l'Etna (3.313 m). Formation de deux nouveaux cratères lors de l'éruption de 1947. Éruptions en 1950 et 1951.

Îles Lipari : (au nord de la Sicile) le Stromboli (environ 1.000 m). Surnommé « Le Fanal de la Méditerranée ». Éruption en 1951.

RÉGION ATLANTIQUE

Îles Canaries : Ténériffe (3.713 m), sur l'île de Ténériffe.

Cap Vert : Fogo (environ 2.600 m). Importante éruption en 1857 ; dernière éruption en 1951.

Islande : compte au moins 25 volcans actifs enregistrés à des époques historiques. À dépassé toutes les autres régions volcaniques au point de vue de la quantité de lave produite. Ces volcans sont très semblables à ceux des Îles Hawaii.

Hekla (1557 m). Présente de nombreux cratères, le plus large ayant environ deux km de circonférence. Plus récentes éruptions en 1947-48.

Skaptarjökull. Série de volcans près de Skaptar ; éruption en 1783 avec perte de nombreuses vies humaines.

Askja (1.500 m). Le plus grand d'Islande.

Île Jan Mayen : Beerenberg, dans la partie nord de l'île (plus de 2.400 m). Éteint.

Cameroun britannique : Mont Cameroun (4.070 m). À plusieurs cratères. Dernière éruption en 1922.

Petites Antilles : Montagne Pelée, au nord-ouest de la Martinique (1.349 m). Éruptions en 1851, 1902 (40.000 morts) et 1929.

RÉGION DE L'OCÉAN INDIEN

Îles Comores : un volcan, le Kartala (plus de 2.500 m). Visible à plus de 150 km. Dernière éruption en 1904.

Île de la Réunion : Piton de la Fournaise (2.515 m). Fortes coulées de lave, éruptions fréquentes.

Tanganyika : Kilimandjaro (5.900 m). Éteint. La plus haute montagne d'Afrique.

Nyamlagira (3.050 m). En activité constante.

ZONE PACIFIQUE

RÉGION DU NORD-OUEST

Kamtchatka : 14 à 18 volcans en activité : Chiveliouth (3.200 m) dernière éruption en 1854 ; Klioutchev (4.916 m) ; Ksoudatch (1.070 m)

Îles Kouriles : 13 volcans en activité, éruptions sous-marines fréquentes.

Japon : 33 volcans en activité : Fuji-Yama (appelé aussi Fujisan). Éteint depuis 1707. Montagne sacrée dont le sommet enneigé figure souvent sur des dessins du Japon (4.700 m). Asamayama (environ 2.200 m).

Batdaisan (1.964 m) 460 morts en 1888.

Île Bonin : Minami Iwojima. À fait l'objet d'un épisode dramatique de la 2de guerre mondiale.

Îles Ryou Kyou : Owoshima Skindake, Nakanoshima, Suwanoseshima, Ryou Kyou.

Philippines : Taal (320 m) éruption en 1911.

Mayon (2.753 m) terrible éruption en 1897, dernière en 1914.

Hawaii : Maueo Loa, dernière éruption en 1950 (plus de 4.000 m). Le plus grand volcan par son volume.

Kilauea. Cratère énorme. Dernière éruption en 1952.

Mauna Kea : la plus haute du groupe.

Hualalai : petits cratères. Une seule coulée de lave, en 1801.

RÉGION DU SUD OUEST

Sumatra : On y a découvert 90 volcans dont 12 sont maintenant actifs. Le plus célèbre, le Krakatoa, est une petite île volcanique dans le détroit de la Sonde. L'éruption de 1883 fut si forte qu'elle fit disparaître le plus haut sommet de l'île et décima plus de 36.000 personnes dans un raz-de-marée dont les effets se firent sentir jusqu'au Cap Horn. Nouvelles éruptions en 1928 et 1950.

Java : 13 centres volcaniques sur 125 sont en activité. Le plus important est le Papandayan (2.660 m) ; éruptions en 1772 et 1926.

Petites îles de la Sonde : 15 cônes. Le volcan de Tamboro, sur l'Île de Scembawa, perdit 1.200 m de sa hauteur lors de l'éruption de 1815.

Mélanésie : On trouve des volcans en Nouvelle-Guinée, aux Nouvelles Hébrides, à Santa-Cruz, aux îles Salomon, etc. Le Lamington, en territoire Papou, tua plus de 3.000 personnes en 1951.

Nouvelle-Zélande : Le Tarawera connut une terrible éruption en 1886.

Le Ngauruhœ (2.333 m.) émet constamment de la vapeur et de la fumée.

RÉGION DU NORD-EST

Îles Aléoutiennes : 32 cônes en activité connus et de nombreux cratères éteints.

Alaska : Mont Wrangell (4.267 m).

Katmai (2.286 m). Connut une violente éruption en 1912 ; la dernière en 1951.

États-Unis : Lassen Peak (3.182 m) est le seul volcan d'activité connue aux États-Unis. Dernières éruptions en 1914-17. Les monts Shasta, Hood, Rainier, etc. sont d'origine volcanique.

Mexique : Popocatepetl (5.470 m). À un très grand cratère de 200 m de profondeur et de 4 km de circonférence. N'est pas entièrement éteint ; laisse échapper des fumerolles.

Colima (3.658 m) ; éruptions fréquentes dans les volcans de ce groupe.

Paricutin (400 m) Ce nouveau volcan est apparu pour la première fois au milieu d'un champ en 1943. En moins d'une semaine le cône atteignit 45 m de haut avec un cratère de 400 m de circonférence ; plus de 400 m de haut en fin 1943. Éruption en 1952.

Guatemala : Santa-Maria Quezaltenango (3.768 m). Le volcan le plus dangereux d'Amérique centrale : 6.000 morts lors de l'éruption de 1902.

Salvador : Izalco (1885 m), le plus important, apparut en 1770 et grandit toujours.

Nicaragua : une chaîne importante contenant plus de 20 cônes, la plupart en activité, s'étend du pied du Momotombo (1.258 m).

RÉGION DU SUD-EST

Colombie : Huila. N'émet que des vapeurs.

Purace (4.700 m). Tua 17 personnes lors de l'éruption de 1949.

Équateur : Cotopaxi (5.943 m). Probablement le plus haut volcan en activité au monde. Fit 1.000 victimes en 1877.

Pérou, Bolivie, Chili, Argentine : comptent de nombreux volcans actifs ; le Villarrica au Chili eut une éruption sauvagement dévastatrice en 1948.

Rejoignez l'Aventure :

Abonnez-vous à Notre Newsletter et Recevez des Cadeaux Exclusifs !

Découvrez l'univers captivant de Bob Morane comme jamais auparavant ! En vous abonnant à notre newsletter, non seulement vous serez informé des dernières actualités, des récits inédits et des interviews exclusives, mais vous bénéficierez également de cadeaux spéciaux réservés à nos abonnés. Recevez un e-book gratuit dès votre inscription, profitez de réductions exclusives sur notre merchandising et bien d'autres surprises à venir. Ne manquez pas cette chance de plonger plus profondément dans les aventures de Bob Morane tout en profitant d'avantages exceptionnels. Scannez le QR code, cliquez sur le bouton ou suivez l'URL : choisissez l'une de ces trois options pour vous inscrire et embarquez pour une aventure remplie de récompenses !

https://bob-morane.ripl-studio.be/

ebook gratuit

Merchandising

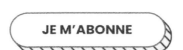

https://bob-morane.ripl-studio.be/

Printed in France by Amazon
Brétigny-sur-Orge, FR